U0660376

世界哲理故事

SHIJIEZHELIGUSHI

张启明⊙主编

新疆美术摄影出版社
新疆电子音像出版社

图书在版编目(CIP)数据

世界哲理故事 / 张启明主编. -- 乌鲁木齐：新疆美术摄影
出版社：新疆电子音像出版社, 2010.6 （2015年6月重印）
（看不完的经典小故事）
ISBN 978-7-80744-678-1

Ⅰ.①世… Ⅱ.①张… Ⅲ.①故事 – 作品集 – 世界 Ⅳ.①I14

中国版本图书馆 CIP 数据核字(2010)第 103821 号

书　　名	世界哲理故事
主　　编	张启明
责任编辑	王洪燕
责任校对	祝安静
出　　版	新疆美术摄影出版社
	新疆电子音像出版社
地　　址	乌鲁木齐市经济技术开发区科技园路5号
邮　　编	830026
发　　行	新华书店
印　　刷	北京海德伟业印务有限公司
开　　本	700 mm × 1000 mm　1/16
印　　张	10
字　　数	120 千字
版　　次	2015 年 6 月第 2 版
印　　次	2015 年 6 月第 2 次印刷
书　　号	ISBN 978-7-80744-678-1
定　　价	29.80 元

目 录

选择与放弃的哲学

欲望与财富的哲学

换位与变通的哲学

苦难与挫折的哲学

人生与命运的哲学

意志与坚持的哲学

生活与爱心的哲学

积极与进取的哲学

悟禅与机缘的哲学

乐观与心态的哲学

宽容与忍让的哲学

选择与放弃的哲学

简单的智慧

在英国有一个很有名的公司，叫做马科思与斯宾塞公司。这个大公司有2万多员工，但是却被管理得井井有条。很多人都好奇这个公司的管理秘诀是什么，总裁杜普雷只有一句话——简单为上！

杜普雷刚刚到马科思与斯宾塞公司的时候，对公司复杂的现状进行了改革。

他深深地知道精简制度对一个公司的重要性。于是，在他刚刚上任的一年里，他几乎把全部的精力都用在清理公司的制度上了。

他对公司以前的制度进行精简，基本上砍掉了80%，使各项规则都简明易懂，方便大家记忆和操作。被他删掉的制度甚至达2700页。

而且，他命令大家清理公司里不要和作废的文件，把文件材料也尽量精简。到了年末，人们发现被他清理掉的文件有7吨重，这是一个多么惊人的数字啊！

为此，他还专门和员工们举行了一次大型的篝火晚会，让大家把这些冗繁复杂的文件付之一炬，以显示出他精简的决心！

他还对每一个员工做出了具体的要求。

他要求每一个员工写给公司的书面介绍材料、建议、报告等均不许超过一页。据说，有一次一个主管提交的一份建议书用了一页多的纸，结果就被杜普雷给退回来了。

总裁杜普雷常常说的一句话就是："我的部分工作是训练人们学会把一个复杂问题分解成一系列简单的事，然后大家才能采取明智的行动。人们在生活当中为什么一定要化简为繁呢？我们要学会舍弃很多东西，这样才能得到成功。"

在生活当中，很多时候我们可以简化很多的东西，只要我们学会舍弃，就可以拥有一个简单的人生。

杜普雷是一个很有智慧的人，他懂得"简单的智慧"，并且把这个"简单"的规则推荐给其他人，让其他人都能够更好地面对生活。

杜普雷的这种简单的智慧其实就是一种放弃的智慧。人生中重要的事其实不多，我们很多的时候自己把事情给复杂化了。其实只要我们能够时时刻刻告诉自己甚至强迫自己要放弃一些东西，我们也可以拥有简单的智慧，就可以在一团乱麻中找到重点，从而离成功更近。

悬崖上的草莓

一位得道的高僧在给自己的弟子讲佛道的时候，讲了这样一个故事。

从前有一个樵夫，他在上山砍柴的时候忽然遇见了一只老虎，吓了一大跳，赶紧扔了自己的斧子逃走。但是他情急之下慌不择路，跑到了一个悬崖边上。老虎一直在他的后面紧追不舍，看到他在悬崖边之后也和他紧张地对视起来。

樵夫看着老虎，非常紧张。正在这时，老虎忽然一声长啸，樵夫心里一哆嗦，脚一滑滑下了悬崖。

而不幸中的万幸是——他的手抓住了悬崖上的一棵树。

于是，他呆在那里，情况万分危急，眼看就要丧命了。

但是正在这个时候，他忽然看到旁边的山崖边上有一些野草莓，伸手可及。于是，他就伸手去采摘野草莓，并且在吃草莓的时候心里想："草莓真甜啊！"

讲完这个故事之后，高僧继续说道："很多人都像那个樵夫一样，明明处于很危险的境地中——前面有老虎，下面又是万丈悬崖，只有手里的树枝是维系自己生命的最后一道屏障了，但是有的人却在这个性命攸关的时刻受到野草莓的诱惑，不顾自己的性命伸手去采摘野草莓！"

这个故事蕴涵着很深刻的哲理，我们可以从这个得道高僧告诉我们的故事中知道——人在有的时候要学会放弃。

的确，野草莓是很甜、很诱人的，而且它就在自己伸手可及的地方，实在是很让人心动。但是，在摘草莓之前应该好好考虑一下自己的处境！如果一个人处在一个前有老虎后有悬崖的境地，只能依靠一双手来支撑自己的性命，还要在这个时候伸手去摘野草莓吗？

不能放弃，就不能得到。不愿意放弃甜美的野草莓，就有可能会丢掉自己的性命！

不走寻常路

有一个图书馆非常有趣，图书馆的管理者在图书馆搬迁的时候想出了一个非同寻常的办法。

有一天，这个图书馆突然贴了一个告示：凡是有本图书馆借书证的读者，可以借阅100本书，而且借期可为3个月，如果想延长，可以到本馆来办手续，最长可以借阅6个月。

很多读者听到这个消息之后都非常开心，到图书馆里疯狂借书。以前一次只能借10本书，而且限期一个月以内还，好多读者都觉得麻烦，这次可以借这么久，就可以很久不再去图书馆了。于是，读者们都疯狂地借书，几乎把整个图书馆都搬空了。

等到3个月以后，读者们到图书馆去还书时，忽然发现图书馆不见了！原来它已经搬迁了，在图书馆的原址上面贴着另外一张公告："本图书馆已经搬迁至某某处，希望读者们在还书的时候把书还到某某处。"

读者们都恍然大悟，终于知道为什么这次可以借这么多书，还可以这么久才还，原来图书馆把他们都当成免费的劳动力了！

但是读者们并没有生气，只是会心地笑了笑，毕竟他们也从这个计策中得到了好处。

这个图书馆的管理者无疑是很智慧的。他在图书馆搬迁之前并没有按照以前的思路把图书馆闭馆整理，这样不仅会加大图书馆人员的工作量，而且会给读者带来不便。所以，他就提出了这个好想法。

所谓"欲先取之，必先予之"，图书馆的管理者深知这个道理，于是，就给了读者们优惠，这个优惠同时也极大地方便了图书馆。这个图书馆先舍弃了自己的一部分权利，然后得到了很多的东西。

这个故事给了我们一个启示，就是一个人如果一味地索取，可能会得不到自己想要的东西，可是如果换一个思路，先舍弃一些东西，反而会有意想不到的收获。

很多时候，有舍弃才能得到，放下就是快乐。

福祸相依

有一家人住在海边，丈夫是个船夫，每天都驾驶着自己家里唯一的一艘小渔船出海捕鱼。妻子没有工作，只是在家里做做家务带带孩子，贴补一点家用。家里只有丈夫的一点微薄的收入，过得很拮据，值钱的东西不多，就只有一间小房子和一条小渔船。

这一天，丈夫驾驶着小渔船出海打鱼去了，忽然听见收音机说台风快要来了，但是因为今天他找到了一个鱼很多的地方，所以舍不得离开，想多打一点鱼回去。但是后来，渐渐地风浪就大了，船上的通信设备和罗盘都被打坏了，灯也不亮了。船夫很紧张，害怕自己会很不幸地丧生大海中，想到自己的妻子和嗷嗷待哺的孩子，船夫就觉得悲从中来。

忽然，他看见了一处火光，在岸边闪耀，非常地显眼，像个灯塔一样，于是渔夫很兴奋，沿着火光把渔船划到了岸边。

回到家以后，他才知道原来是自己的家被烧了，妻子和孩子正在房子旁边哭呢。

船夫的妻子看到自己的房子被烧了之后很是伤心，但是听丈夫说他是沿着火光才找回来时，又破涕为笑。

世上的事都是这样的，有得必有失，有失就必有得。

船夫家的房子虽然没有了，但是他凭借着房子燃烧以后的火光，平安地回到家里。他虽然失去了房子，却得到了自己的幸福。

船夫的妻子也是一样的，她虽然失去了房子，但是她的丈夫能够平安地回来，她就收获了更好的东西。

世上的事情都是这样的，上天对每一个人都是公平的，它给你一个东西的时候就会收走你的另外一个东西。

能够舍弃，才能得到，很多的时候，放下就是快乐！

证书和能力

一位计算机专业的博士怀揣着他考过的很多计算机证书到公司求职，但是一直未被录取。

他思考不能找到工作的原因，大概是：大公司倒是想招博士生，但是他们希望招有工作经验的人，小公司可以招没有工作经验的新手，但是他们不想要博士，觉得自己这个庙太小了，容不下博士这样的大佛。

于是，他痛定思痛，决定舍弃他博士的身份，以一个普通本科毕业生的身份去求职。他很快就被一家公司录取，成为一家公司的基层人员。

他在那家公司里从一名程序员做起，由于工作突出，不久就被老板提升为部门经理。老板很惊异于他这样一个本科生会有这样的水平，于是他亮出了他的硕士证书。

又经过一段时间的考验，他又有了新的突破，被委任为系统软件开发部经理。老板觉得他的水平已经远远超过了一个硕士生的水平，于是问他有没有学过更深的东西，于是他适时地拿出了自己的博士文凭。

人生中会面临很多的选择，聪明的人懂得该在什么时候放弃。这位博士是一个智者，他在适当的时候放弃了一些东西，然后得到了更多的东西。

试想一下，这个博士在找不到工作的时候如果没有舍弃自己的文凭，又找不到工作，那么他的人生什么时候才能得到成功呢？

他放弃了自己的高文凭，踏踏实实地从基层做起，凭着自己的努力和能力得到了老板的赏识，最后再拿出自己的博士文凭，得到了想要的成功。

我们在生活中可能也会遇到一些与这位博士的境况相似的困境，如果我们能够像他一样，在该舍弃的时候勇敢地舍弃，那么，我们会更容易得到成功！

拒绝酬金诱惑

英国首相丘吉尔小的时候非常顽皮，经常到处乱跑，有一次他不幸掉到了沟里。

幸运的是，有一个贫苦的农民弗莱明救了他。原来，那天丘吉尔掉到沟里的时候，他正在离那条水沟不远的田里干活，听到丘吉尔的求救声之后，他就毫不迟疑地把丘吉尔救了上来，让丘吉尔捡回一条命。

丘吉尔的父亲是一个很有钱的贵族，为了感谢弗莱明救了他的儿子，他便亲自到弗莱明家里感谢他。

弗莱明看见一辆豪华马车停在自家门口非常惊奇，这个时候从马车上下来一位西装革履的绅士，对他说："您好，我是昨天被您救起的小孩子的父亲，今天是特地来向您表示感谢的。"然后向弗莱明递上他早已准备好的酬金。

弗莱明却拒绝了他的酬金，对那位绅士说道："我不能因为救您的孩子接受报酬。"

那位绅士吃了一惊，但是执意要把钱给弗莱明，而弗莱明也执意不收，一定要把钱还给那位绅士。

这个时候，小弗莱明从外面回来了，见到这个情况以后很吃惊。

那位绅士见到小弗莱明以后眼睛一亮，问弗莱明道："这是您的儿子吗？"

弗莱明点头称是，于是，那位绅士有了一个好主意，就建议道："我们不如订个协议吧，我带您的儿子走，让他接受最好的教育，好吗？"

弗莱明虽然很舍不得自己的孩子，但是为了儿子能够有更好的前途，就接受了这个提议，让小弗莱明到丘吉尔家求学。

后来，小弗莱明不负所托，发现了青霉素，成了著名的医生，并且获得了诺贝尔奖。

弗莱明是一个真诚的人，他放弃了那些酬金，于是他的儿子得到了一个学习的机会，这个决定改变了他儿子的一生。

在弗莱明的那个境地下，有多少人会拒绝那些诱人的酬金呢？而且那些酬金完全是他应该得的，但是他却放弃了，这出乎丘吉尔父亲的意料。

然而也正因为如此，丘吉尔的父亲很过意不去，又很佩服弗莱明的品格，所以才产生了自己培养小弗莱明的想法，这改变了小弗莱明的一生。

空花盆的魅力

从前，有一个老国王，他对自己的臣民非常好，把自己的国家建设得很富裕，而且治理得井井有条。

老国王觉得自己的身体一天不如一天了，想尽快培养一个继承人，但是老国王自己并没有孩子，所以不禁为王室的继承人这件事发愁。

后来，老国王思考了好几天，终于想到了一个绝妙的挑选继承人的方法。

老国王先是对全国的人民宣布，要在适龄的孩子里选一个做继承人，并给他们每人一粒种子，对大家宣布："三个月之后谁能种出最美丽的花来，他就将是我的继承人！"

于是，孩子们都回到家里精心地培育，希望三个月之后国王巡街的时候可以看上自己种的花。

三个月的时间一转眼就过去了，国王开始巡街。他让孩子们都抱着花盆站在街边，他看到喜欢的花的时候就会和孩子们说话。

大家都捧着万紫千红的花站在街边，等待老国王看上自己的花。然而，老国王走了一路，都没有见到自己希望见到的情况，于是他的眉头皱得越来越紧了。

忽然，他看到一个很羞涩的男孩抱着空的花盆站在街边，于是眼睛一亮，向男孩走了过去。

老国王问道："孩子，为什么你的花盆是空的呢？"

孩子很羞愧，对老国王说："亲爱的陛下，我很用心地种了种子，但是它却一直没有发芽。我本来以为是花盆的问题，结果换了一个花盆以后它还是这样的。我又以为是泥土的问题，但是换了泥土以后它还是没有发芽，我用尽了各种办法，它还是没有发芽。"说完以后，孩子泪眼汪汪的，马上就要哭出来了。

国王却伏下身去抱起了小孩子，说道："孩子，你花盆里的花是最漂亮的，你就是我的继承人！"

原来，老国王给孩子们发的种子都是煮过的，根本不会发芽！

看完了这个故事，很多人都赞美这个孩子是个诚实的孩子，他因为自己的诚实，而得到了国王的赏识。

可是，有没有人看到，他舍弃了什么，其他的人又舍弃了什么？

他舍弃了一个可以讨好国王的机会，舍弃了一个成为国王继承人的机会。为什么在国王和他说话的时候他会这么难过，就是因为他知道自己的花盆是空的，一点儿也不漂亮，绝对不可能成为继承人了，然而在诚实和继承人的诱惑之间，他选择了诚实，舍弃了那个成为继承人的机会。

而其他的孩子和他的做法恰恰相反，舍弃了诚实，而选择了抓住机会讨好国王，没有抵挡住成为继承人的诱惑。

我们可以从故事的结局中轻松地看到，能舍弃的人必有所得，捧着空花盆的孩子最后成为国王的继承人。

我们也从中看出一个道理：生活中有的东西可以舍弃，比如金钱、地位；但是有的东西是不能舍弃的，比如正直、善良。如果选择错了，就不会取得成功。

让我们都能够舍弃那些该舍弃的，然后留住那些该留住的吧！

抛弃自己的弱点

美国有一个石油大亨叫保罗·盖蒂，他十分喜欢抽烟，烟瘾很大。

很多人都劝他戒烟，但是他从来都不听家人和朋友的劝解。他认为自己很有钱，抽点烟不算什么，至于健康，那是无法预料的东西，就算自己抽了烟也不见得会比不抽烟少活几岁，所以，他一直都没有戒烟。

有一次，他在一个小城的小旅馆里过夜，因为身体疲惫，很快就入睡了。但是却在半夜两点钟的时候醒过来，他的烟瘾犯了，想抽一根烟。他掏出烟盒一看，才发现自己的烟盒是空的，于是他很郁闷。

这个小旅馆不卖烟，而且这个小城很小，仅有的一些餐厅和酒吧都关门了。唯一的办法是到几条街之外的火车站去买烟，只有那里的零售店是通宵服务的，可是当时正下着大雨。

保罗在犹豫要不要出去买烟，因为烟瘾越来越大，他无奈地穿好衣服准备出门。

可是，他伸手拿雨伞的时候，突然清醒过来，他责问自己："我到底是在做什么？我是一个绅士，一个有身份地位的人，一个成功的商人，一个自以为有理智的人，但是我怎么可以做这么荒谬的事呢——冒着大雨在凌晨两点的时候走好几条街，只是为了去买一包烟？难道我已经不能控制自己了吗？难道我的意志竟然被这么一根小小的烟打败了吗？"

这次反思让他下定决心，一定要戒烟！于是，他把自己以前的那个烟盒揉搓成一团扔进废纸篓里，回到床上努力让自己入睡。

此后，保罗再也没有抽过一口烟，他凭着坚强的毅力把公司治理得有声有色，一直到他80多岁的时候还坚持每天工作十几个小时。

在生活中，我们是否也会像保罗一样，对于一样东西有着异乎寻常的执著，从而被外物控制了心灵。

我们应该向保罗学习，挣开外物的束缚，让自己的行为完全在理智控制之下。这样才能够离成功更近一些，才能够得到成功。

保罗通过犯烟瘾这件事悟出一个深刻的道理——人生中，有的东西是你必须要舍弃的，否则，它就会一直成为你的一个弱点，一个硬伤，一个限制，把你挡在成功这扇大门外面。

远离悬崖

一个大公司要招聘司机，他们要招一个品格好一点、稳重一点的司机。因为开车是一件很危险的事，如果不小心很容易出意外。

进行了实路测试以后，三位技术最好的司机留了下来，参加最后的测试——类似于心理测试的一个测试。公司想测试一下他们的性格是否够稳重。

主考官分别问了他们同样的一个问题，那就是："如果悬崖边有一个袋子，里面装着不少的现金，你开着车去拿，你觉得你会把车开到离悬崖多近的地方而又不掉下悬崖呢？"

第一个司机思考了一会儿以后回答道："两米。"他对他的技术比较放心，但是又比较谨慎。

第二个司机狂妄地说："半米。"他对自己的技术很有信心，而其本人又极有冒险精神。

第三个司机听完了考题后，先是愣了一下，然后很正经地对考官说道："我会尽量远离悬崖的，而且越远越好。"

结果，主考官录取了第三位司机。

对于主考官录取第三位司机这件事，我们是很能理解的。因为他们本来就是想找一个稳重一点的司机，所以出了这个问题。但是第一个司机和第二个司机显然都掉到主考官的思维陷阱里去了，然而这也正说明了他们的品格和性格。

从这个故事中，我们除了学到做人一定要认真，要小心谨慎之外，是不是还有一点别的东西？该放手时就放手。

悬崖边如果有一袋钱，而我们又开着车，这袋钱是否应该去捡？

很多人都经受不住那袋钱的诱惑，从而使自己处于危险的处境中，一不小心就会跌下悬崖，粉身碎骨。

人生中不也这样吗？我们的人生旅程就像在一辆辆高速运转的车上，一旦错过了什么东西就再也回不了头了。同时，要想刹车也不是那么容易的事，而且做惊险动作常常会造成车毁人亡的惨剧。

其实，如果人生是一笔财富，我们的性命是前面的那个"1"，而其他的金钱、地位等全都是后面的"0"，当前面的"1"没有了，我们的人生就不再有意义了。

所以，在生活中，我们一定要学会果断地舍弃——放下就是快乐，也只有放下才能快乐。

棋如人生

一个小男孩很喜欢下棋，自从他的爸爸教会他下棋之后，他就经常和他的爸爸下棋。后来，他又看了很多书，棋艺得到提高，但是他每一次在面对他爸爸的时候，还是力不从心，很难胜过他的爸爸。

有一天，他又向自己的爸爸挑战，和爸爸下了一盘棋。这一次，他作了充分的准备，一心想要胜过他的爸爸。

刚开始的时候，他下得很爽，一下吃掉爸爸的一个兵，一会儿又吃掉爸爸的一个马。

然而，正在儿子手舞足蹈、沾沾自喜的时候，爸爸忽然很冷静地说："将军！"

儿子一下子就傻眼了，没有想到自己看书学了那么久的棋，还是落败了，于是很沮丧。

他爸爸对他说："孩子，你下棋的时候，只注意一个子的得失，没有全局的观念，这样不对。你不能只想着去吃别人的子，更多的应该是考虑要怎样保住自己的帅，你要知道，一旦你失去了帅，你就失去了一切！"

儿子听了以后受益匪浅，在以后下棋时都很好地注意这个问题，棋艺一天天地进步，终于有一天，他的爸爸也不是他的对手了。

他的爸爸虽然下棋的时候输给了他，但是却欣慰地笑了，因为自己的儿子终于懂得了怎样保全自己的"帅"。

棋如人生，在棋艺上有全局观念，在人生的道路上也就会考虑得更全面！

人生如棋，棋如人生，我们在日常生活中做事情的时候，也要像下棋一样，谋定而后动，还要有全局的观念，这样才能保住自己的"帅"。

从文中，我们可以看出，如果我们不知道该重视什么，该舍弃什么，就会像初学棋艺的那个小孩子一样，为自己吃了爸爸的"兵"和"马"而兴奋不已，而把自己的"帅"置于危险中。

我们在人生的道路上，要记住这篇文章中的爸爸告诉儿子的话，要好好地保住自己的"帅"，如果"帅"没有了，就全输了，就不会再有翻盘的机会了！

我们要学会舍弃该舍弃的，保住该保住的，这样才能过好自己的人生。

磨刀不误砍柴工

在我国的民间，流传着这么一句俗语，叫做"磨刀不误砍柴工"。关于这句俗语的来历有一个故事。

从前有一个年轻人，他刚刚当上伐木工，和一个砍柴很久的师傅搭档，两个人一起进山砍柴。每天去砍柴之前，老师傅都会把斧子磨一磨，并且教育他砍柴之前要好好地磨一下斧子。

但是那个年轻人太心急了，认为磨斧子是一件"很浪费时间的事"，于是就把每天磨斧子的时间省下来，然后比老师傅更早进山去砍柴。

刚开始的时候，他的确是比老师傅砍得快，还砍得多，第一天就砍了20棵树，而老师傅只砍了18棵。他心里沾沾自喜，觉得自己比老师傅还厉害，并且更加坚定地认为不磨斧子早一点去砍树是正确的。

第二天，他也不磨斧子，早早地就进山了，并且劝老师傅也不要浪费时间，快点儿和他一起进山。老师傅却不为所动，依然认真地磨着自己的斧子。

结果，他第二天出了和第一天一样多的力，却只砍了15棵树，而老师傅砍的树依然是18棵。

回到家以后，年轻人很不服气，觉得自己今天可能是没有力气，所以砍得少了。

第三天，年轻人起得很早，在老师傅刚刚起来，还没有磨斧子的时候就进山了，并且加倍拼命地砍树，一心想砍得比老师傅多，于是砍得比前两天还要卖力。

但遗憾的是，他累了一整天，却只砍了10棵树，而老师傅还是砍了18棵。

回到家以后，他特别沮丧，连饭也吃不下去了。

老师傅看到了他的困惑，就过来开导他。老师傅笑呵呵地对他说："年轻人，你想知道为什么你砍的树越来越少吗？你想知道你砍树为什么越来越吃力吗？"

年轻人现在急切地想知道原因，于是洗耳恭听。老师傅语重心长地对他说："年轻人，干事情不能那么急躁，在砍柴之前要磨好斧子，不要害怕浪费磨斧子的那点时间，你把斧子磨好之后才能更快地砍树啊，这就叫做磨刀不误砍柴工！"

年轻人听完以后将信将疑，但是事实摆在面前——他的确是没有老师傅砍得多，于是他就决定听一次老师傅的话。

第四天早上，他没有早早出发，而是和老师傅一起磨斧子，一直把斧子磨得又快又光之后才去砍柴。结果令他欣喜的是，他又恢复了第一天的水平，砍了20棵树，而老师傅砍的依然是18棵，他又砍得比老师傅多了。年轻人很开心，也从此记住了"磨刀不误砍柴工"这句话。

后来，年轻人坚守着这句话，并且在自己也成为师傅以后把这句话传了下去，让这句话成为百姓们都耳熟能详的俗语。

世界上的事都是一样的——有舍才有得。

当初，年轻人不愿意舍弃那一点点时间去磨刀，而把所有的时间都用在砍柴上，结果可想而知，不仅浪费了力气，而且没有所得。他后来听了老师傅的话，用一点时间去磨刀，放弃了一点砍柴的时间，结果就提高了砍柴的效率，不仅节约了力气，而且比以前得到的更多，所以知道了"磨刀不误砍柴工"这句话的道理。

我们在生活中也要记住这句话，在遇到问题的时候要先想一想，不要害怕这样会浪费时间。先想一想比一开始就埋头苦做的确要多花一点时间，但是这样可以明确目标、提高效率，更接近成功。

要记得舍弃一些东西，才能得到一些东西。

"甜蜜"的陷阱

有一天，猫在追老鼠的过程中不慎打翻了主人的蜂蜜瓶子，瓶子从柜子上摔到地下，蜂蜜流得满地都是。

这个时候，屋里有两只苍蝇看到了这满地诱人的蜂蜜。

其中一只苍蝇很想去吃，另外一只就劝它说："别过去吃！可能是主人设下了陷阱，想杀死我们呢！"

但是那只苍蝇不听它的劝，说道："怎么会呢？我刚才明明看到瓶子是被猫打坏的，和主人有什么关系？"

于是，它义无反顾地飞向那一堆蜂蜜，一边甜甜地吃着，一边想着："太甜了，不吃的是傻瓜！"还对另外一只苍蝇说："你快过来吃啊，这么多蜂蜜我自己吃不完呢！"

另外一只苍蝇始终不敢去吃，只是在一旁很担心地看着那只冲进蜂蜜堆里的苍蝇。不久，那只苍蝇终于吃饱了，它想离开，却惊奇地发现——自己动不了了！

原来，蜂蜜很黏，它粘住了那只苍蝇的腿，使它不能动弹。

这个时候，那只苍蝇拼命挣扎，却怎么也摆脱不了，越挣扎反而陷得越深，它用尽了全身的力气也没能逃掉。它的朋友在一旁很担心，但是无计可施。

这只苍蝇非常后悔，它终于明白自己今天会丧命在这里，于是悲哀地对它的朋友说："唉，我真笨，不该贪图这一点蜂蜜，以致把自己的小命也丢了！"

这只苍蝇无疑是愚蠢的，为了一逞口腹之欲，把自己的小命给断送了。

其实，在生活中，像这只苍蝇一样的人也不少。他们为了近在手边的"蜂蜜"而断送了自己的生命，这样值得吗？

生命是无价的，每个人都不想放弃自己的生命。

人都是有贪欲的，每个人都有很多想得到的东西，比如财富、权利、地位等。但是，我们在生活中要学会舍弃，只有能舍弃，才能得到，否则，受伤的往往是自己。

我们在生活中要勇敢地学会舍弃，要牢记——放下就是快乐！

欲望与财富的哲学

我想要一条鱼

在很久以前的欧洲，有一个奥匈帝国。一次，奥匈帝国的皇帝联合了波兰人、德国人和自己境内的农民们一起和敌人作战。当战争取得了胜利以后，皇帝想犒赏为自己的国家作战的英雄们。

皇帝坐在宝座上，威严地对凯旋的英雄们说道："勇士们，我将奖赏你们，说出你们的愿望来，我会满足你们的。"

英雄们都非常开心，一个波兰人战战兢兢地说出了自己的愿望："把波兰还给我们吧，我们想独立。"

皇帝皱眉想了想，然后说道："好吧，它是你们的了。"

波兰人都欢呼了起来，大家都非常开心。

一个德国人兴高采烈地对皇帝说道："我尊敬的陛下，我想要一座啤酒厂。"

皇帝笑着命令道："来人，给他一个啤酒厂！"

然后一个奥匈帝国的农民怀着激动的心情对皇帝说："尊敬的陛下，请您赐予我一个农场吧。"

皇帝和蔼地说道："土地是你的了，我的臣民。"

皇帝为大家的欢呼兴奋不已，这时，问了另一个农民。

"你想要什么？我的臣民。"皇帝问道。

"尊敬的皇帝陛下，我想要一条鱼。"这个农民说道。

大厅里顿时静得可怕，所有的人都盯着这个农民看，好像看到了天底下最大的笑话——也包括皇帝。

沉默了半晌，皇帝说道："给他一条鱼。"

离开庆功会场以后，勇士们都围住了要一条鱼的那个农民，纷纷在他旁边说话。

"你怎么不要金银财宝呢？"

"你为什么要一条鱼啊？"

"你为什么不要别的东西啊？"

"你太傻了！"

"这么好的机会就被你错过了!"

那个农民却笑了笑,说道:"我一点儿也不后悔,皇帝给了波兰人独立、给了德国人啤酒厂,还给了你们土地,但是你们觉得皇帝真的能兑现吗?而我要的这条鱼却一定会到我手里的。"

大家听了他的话以后都沉默了。

常言道:"欲壑难填。"人们常常都不会满足,总是想追求一些自己没有的东西,而当自己得到以前想要的东西时,又会想要另外的东西,永远都不会满足。

但是,人们在生活中不应该好高骛远,追求一些得不到的东西,而应该脚踏实地,追求一些实实在在的东西。

当你向别人索取的时候,也要提出一些别人可以做到的条件,否则,只不过是一些虚幻的空中楼阁而已,那些虚无缥缈的承诺对你没有任何价值,人还是应该现实一点。

只有那些能够得到的东西,才有价值。

神仙与穷人

从前,有一个穷人,他的日子过得很苦,但是他很相信神明的力量,对老天爷特别尊敬,对各路神仙也很尊敬,再苦再难他也不会骂老天爷,只会自己默默承受。而且他还特别喜欢给神仙敬献东西,虽然自己家里面吃的东西不太好,但是他每一次吃饭之前都会敬献一番,对神仙们十分恭敬。

他最大的愿望就是有一天神仙能够显灵,改善一下他的生活,或者给他一个法宝之类的东西。

后来,一个天上的神仙被这个人的赤诚感动了,就下凡来准备帮助这个穷人。

神仙显灵现身以后,这个穷人非常开心,又惊又喜,马上跪倒,对神仙顶礼膜拜。

神仙非常满意这位穷人的做法,于是把地上的一个小土块变成了一块金子送给那个穷人。这些金子可以让穷人买很多需要的东西了,而且会让穷人的生活比现在好得多。满以为那个穷人会开心地接受,但是看了那个穷人的表情之后却发现那个穷人不仅没有欣喜若狂,而且一点儿开心的表情都没有。

神仙的心里面觉得有点失败,又有点儿汗颜,觉得这个穷人对自己这么恭敬,应该多给他一点儿东西才是。

于是,神仙把一块方砖那么大的石头变成了金子,那个时候金子是很值钱的，只要穷人节省一点，一辈子都不愁吃穿了。

神仙满以为这一次穷人会欣喜若狂，至少也会高兴得手舞足蹈的，但是神仙又猜错了，那个穷人的表情还是淡淡的，没有特别开心。

神仙这个时候有些沉不住气了，他一发狠，就把一块狮子那么大的石头变成了金子送给那个穷人，让那个穷人不仅可以一辈子衣食无忧，而且可以过上富足甚至是有些奢侈的生活了，而且如果那个穷人会经营一点的话，完全可以利用这些黄金成为一个巨富了。

但是那个农民只是吃惊了一下，也没有表现出神仙所希望的那种欣喜若狂的表情。

这个时候神仙有一点发怒了，他问那个穷人："你有了这么大一块金子还不满足吗？你想要什么？"

穷人听了那个神仙的话以后先是一愣，然后贪婪地说道："我想要你那个可以点石成金的手指！"

神仙听到那个穷人的话以后很生气，立刻消失不见，回到天宫里面去了，而他刚开始变的那些金子也再次变成了土块。

那个穷人什么也没有得到，就好像做了一场梦一样。

以后不论那个穷人再怎么对神仙恭敬，神仙也没有再显过灵，那个穷人也依然是穷人，穷着过了一辈子。

这个故事告诉我们人的欲望是没有止境的。当你一无所有的时候，你会想要天上掉下一些钱财来，当你有一块小土块大的金子的时候，你会想要更多，当你有一块方砖那么大的金子的时候，你也不会满足，当你有一块狮子那么大的金子的时候，你就会妄想要那可以点石成金的手指。

但是很多时候，如果你不能控制好自己的欲望，老是想寻求更多的东西，那么你最后很可能会一无所有。

如果世界上每个人都能够好好的控制自己的欲望，常常洗涤一下自己的心灵，那么我们生活的世界会变得更加美好。

我要等五只鸟

有一天，一个孩子在树林里捕鸟。捕鸟的工具是他自己制作的，非常简单，就是一个很大的簸箕。簸箕下面撒了很多谷子和其他作物，都是小鸟爱吃的东西。然后用木棍把一边支起来，把绳子拴在木棍上，绳子很长，人在很远的地方拉着绳子，只要轻轻一拉，就可以把鸟罩在簸箕里面。

孩子躲在远处一个大石头的后面，凝神屏息地看着簸箕，手里紧紧地抓着绳子，都被他握出了汗。

一只鸟出现了，孩子很激动，但是很快抑制住了自己想拉绳子的冲动——他在等别的鸟。

有一只鸟进去了，再一只鸟进去了……转眼间，簸箕下面有了4只鸟，簸箕旁边还有3只。

孩子在心里对自己说："等到有5只鸟进簸箕的时候我就拉绳子！"

然后，一只鸟出去了，再一只鸟出去了，孩子很沮丧，但是看着簸箕里的2只鸟很不甘心。"还没有刚刚那4只多呢，等了半天不是白等了吗？不行！我还是再等等吧。"孩子心里想。

然而，簸箕里的鸟只见减少不见增加，簸箕里只剩下最后一只鸟了。

孩子的心里很复杂，一会儿想："现在拉吧，这样好歹还能有收获，总比空着收回去强啊！"但是一会儿又想："我的运气决不会这么差的！总该有些鸟回簸箕底下去的，我还是再等等吧，等到有4只鸟的时候，我再也不想别的了，一定会拉的！"

然后，最后一只鸟也飞走了，孩子什么也没有抓到，只能空着手回家了。

那个孩子的心态很像一个赌徒。赌徒都是这样的，在赢钱的时候总想着赢更多的钱，不想收手离开赌场。在输了一点以后又想翻本，总对自己说："我只要把本搬回来就走！"然后越输越多。等到快输光的时候又想："我的运气不会这么差的，再赌未必输，我只要有钱就有可能翻本。"总要等输到精光的时候才会走。甚至有的人输光了也不走，还借钱赌，越赌越大，最后倾家荡产。

我们不能像那个孩子一样，明明簸箕里面已经有4只鸟了，但还是不满足，还想得到第5只。

很多时候，大家对自己现在所拥有的东西总是不满足，总想得到更多，这种心态就是典型的"得陇望蜀"。控制不住自己的欲望，总想得到比现在更多的东西，最后反而连自己所拥有的东西都遗失了。

当我们意识到自己的错误的时候，不能只后悔不做事，不然的话，不仅不能弥补自己的亏损，反而会遭到更大的损失。古语说得好"亡羊补牢，未为晚也"。要是一心想挽回自己的损失，而不知道及时收手的话，反而会遭到更大的损失。

人的欲望是永远也满足不了的，作为一个理智的人，一定要控制住自己的欲望，常常给自己的心灵洗个澡，让自己保持冷静，不在欲望的海洋中迷失。

烽火戏诸侯

周幽王是西周的最后一个君主，也是一个非常昏庸的君主。他每天不理朝政，只知道吃喝玩乐，百姓们在他压迫下处于水深火热之中，国家在他的糟蹋下一天不如一天。西周有了他这样一个君主以后很快就日薄西山了。

但是，他却不理会国家的危机，不理会人民的死活，每天只懂得享乐，根本不把百姓的死活放在眼里。忠臣们的良言他从来都听不进去，他只是宠信一些能够给他带来新鲜玩意的弄臣。结果朝政就被那些别有居心的奸臣小人们把持。大臣们都敢怒不敢言，偶尔有人反抗那些奸臣的暴政，就会被清理掉，国家弥漫着愁云惨雾。

一天，一位有良知的大臣——大夫褒珦找到周幽王，向他进谏，说明了国家的现状和现有的危局，希望周幽王能够警醒，能够改变一下自己的生活方式，关心一下朝政，关心一下国家，关心一下黎民。

结果可想而知——褒大夫被周幽王抓进了监狱里。

褒珦的儿子洪德为了救自己的父亲出狱四处奔走，四处求人。有一天，他在路过一个村子的时候忽然看见了一个国色天香的女子，那个女子虽然在挑水，虽然穿的是粗布麻衣，未施粉黛，但是可以看得出是一个非常美丽的人，洪德看到以后惊呆了。

但是洪德并没有因此而迷失自己的心智，他机智地想到了一个计策，那就是——美人计。周幽王那么喜欢美女，如果能够把这个美女献给周幽王，那自己的父亲不就出狱有望了吗？

于是，他将这个女子买回家，精心地打扮一番，再找人教了她一些礼节、音律、舞蹈，就把她认作自己的义妹，并取名褒姒，送给周幽王。

褒姒在没有好好打扮和素面朝天的时候就已经是国色天香了，更何况是精心地打扮过呢？周幽王看到了盛装打扮的褒姒以后惊呆了。他从来没有见过这么美丽的女子，于是龙颜大悦，立刻就答应了洪德的请求，把大夫褒珦从监狱里放了出来。

有了褒姒以后，周幽王不再宠幸别的美人。他每天都和褒姒在一起，等褒姒生了儿子之后更是对自己的这个儿子宠爱有加。他听褒姒的话，把以前的王后申氏打入冷宫，还想废掉王后所生的太子，转而立褒姒所生的儿子为太子。

虽然周幽王对褒姒百般宠爱，言听计从，但是褒姒却从来都不笑。周幽王用尽了方法也没有能让褒姒笑一笑。于是，周幽王让自己的弄臣们集思广益，绞尽脑汁逗褒姒一笑，只要有人能有方法让褒姒笑一下。他就重重有赏。

这个时候有一个奸臣对周幽王说："大王，先王为了抵御外敌侵犯，在山上建了十几个烽火台，一旦敌人入侵就会点燃烽火台，这时附近的诸侯就会来王都救援。不如我们点燃烽火台，把诸侯们骗来王都，王后看见诸侯们狼狈而来却没有敌人，一定会笑的。"

周幽王非常开心，于是就不顾其他忠臣地劝阻，毅然决然地点燃了烽火台，把诸侯们骗来，只是为了博美人一笑。褒姒看到诸侯们狼狈的样子之后果然笑了一下，周幽王马上重重地赏了那个出主意的奸臣，而诸侯们则心怀怨恨地离开了。

后来犬戎入侵王都的时候，周幽王又点燃了烽火台，但是这一次却没有一个诸侯前来救援，他们都认为周幽王又在开玩笑，结果周幽王被杀死，褒姒被犬戎人抢走，西周灭亡。

周幽王的失败是因为他不能控制住自己的欲望，只知道享乐，只知道玩弄美人，而不思进取，才最后死无葬身之地。

我们在生活中也会遇到各种各样的诱惑，如果我们不能经受诱惑的考验，不能控制住自己的欲望，那么不但会一事无成，还会把自己推到一个很危险的境地。

桃色交易

美国有一个好莱坞大片叫做《桃色交易》，又译作《不道德的交易》。这个电影播出以后引起了极大的反响。人们看完这个电影以后纷纷反思，而且这个电影所讲述的故事也以各种形式传遍了世界各地。

这部电影讲述了一对非常恩爱的年轻夫妇的爱情故事。他们的感情非常好，是人们心目中羡慕的一对。每个见到他们的人都能从他们两个的表情和相互之间的小动作中感受到他们是多么相爱。

他们都受过很好的教育，而且都有不错的职业，是一对名副其实的"白领夫妇"，日子虽然过得不是非常的富裕，但也算衣食无忧。他们很开心地每天为自己的小家庭而奋斗，日子过得很好。

正当他们生活甜蜜的时候，经济大萧条来。他们双双失业了，没有钱去还自己房子的贷款了。他们两人脸上一片愁云，于是一起到一个小酒馆去喝酒，想麻痹、放纵一下自己。

就在这个时候，一个富翁看上了这个年轻的妻子。这位风度翩翩的亿万富翁走到这对小夫妇面前，很直白地说明了他的意思——他看上了这位年轻的妻子，他愿意出 100 万美元来与这位女士共度良宵。

这对夫妇听到了富翁的话以后非常震惊和气愤，严词拒绝了富翁的提议。但是富翁却没有气馁，优雅地给他们留下了一个电话号码，并且告诉那个年轻的妻子，如果改变了主意可以随时联系他。

回到家以后，两个人都陷入了巨大的矛盾当中。他们忽然都很后悔，觉得不应该拒绝那 100 万美元。如果有了那一笔钱，他们会过得很好，而且他们也天真地以为那样的一夜不会影响他们之间的爱情。

于是，那个年轻的妻子在一个晚上去了富翁的游艇。

但是那一夜过后，事情全变了，他们虽然拿到了那 100 万美元，但是却再也找不回当初的感觉了。那一夜就像一根刺一样，深深地刺在他们的心上。他们之间的爱情也随之慢慢消退了。

后来，他们的婚姻终于走到了尽头，一对那么恩爱的夫妻就这么分开了。但是好莱坞为了不让观众们伤心，让他们最后也走到了一起。

一对这么恩爱的夫妇，因为一笔钱就出卖了自己的爱情。他们天真地以为他们可以在得到金钱的同时却不伤害爱情，但是世界上怎么可能会有免费的午餐呢？人的心灵是很脆弱的，爱情也是很脆弱的，它经不起胡乱的设计。

为什么要为了眼前这一点点诱惑去抛弃那些生命中我们不能放弃的东西呢？

一文钱误前程

从前有一个南昌人，他在京城的国子监里谋了差事，一天，他上街的时候去逛一家书店。

这个时候，书店里一个年轻的秀才在买书，在付钱的时候不小心让一文钱掉了出来。这文钱正巧掉在那个南昌人的旁边，南昌人就不动声色地走过去把钱踩在脚下，一直等秀才走后才把钱捡起来。

这个时候坐在旁边的一位老人忽然冷笑了两声。原来这位老人已经坐在这里很久了，他一直看着这个南昌人的所作所为。这位老人冷冷地问了这个南昌人的名字以后就拂袖而去。

后来，这个南昌人经过一番努力，花了一点银子去吏部打点，得到了一个江苏常熟的小官的职位。江苏是鱼米之乡，非常富庶，南昌人觉得自己的银子花得值，于是很开心地打点行装准备赴任。

然而令他意想不到的是，他刚刚递了一张名帖给巡府，连巡府的面还没有见到呢，就得知他的名字已经挂进了被检举弹劾的公文里。这个南昌人大惑不解，问别人："我为什么会被弹劾呢？"那人回答他说："是因为贪污。"

南昌人更加惊讶了，他还没有上任呢，怎么就会贪污呢？一定是别人弄错了。于是他很不服气地去面见巡抚，想解释一下。

但是当他见到那个巡抚的时候，他大吃一惊，原来那个巡抚就是当天在书店里问他名字的那个老人。他觉得十分羞愧，恨不得地上有个洞能够让他钻进去。

巡抚对他说："你当年还没有做官的时候，对那一文钱就表现得那么贪婪，现在当上了官，手里也有权了，难道你就会改掉你贪婪的本性吗？你贪污不是迟早的事吗？如果让你这样的人去做百姓的父母官，当地的百姓怎么活呢？你这样的人一定会把手伸进百姓们的钱袋子里去偷，成为一个穿着官服的小偷，你说，我弹劾你难道不应该吗？"

于是他只好接受这个事实，放弃官位，远走他乡。这个南昌人隐姓埋名回乡下去好好地教书，并且常常教导弟子要注意自己的言行，还要注重培养自己的品德修养。

看了这个故事，我们不禁要为这个南昌人惋惜，他的大好前途就因为一文钱而毁了。

然而，我们也很同意那位巡抚的说法，一个人的品德决定一切。那个人的本性那么贪婪，当上父母官以后肯定会为祸一方的。

这个故事给了我们一个多么大的教训啊！有的时候我们常常会因为一些蝇头小利而丧失生活中很多美好的东西。

只见金子不见人

古代有一个齐国人，他每天都想发财，渴望自己能够得到一块金子。但是由于他每天把时间花在空想上，不去劳动，而且他也没有什么文化知识，不能去做官，没有人给他送金子；由于他没有什么经商的天赋，也不能好好地做生意，所以也就赚不到金子。

他每天都在想金子，白天做梦，梦的全是金子，晚上做梦也全都是梦见金子。久而久之，他就有一些癫狂了。

这天，他在街上走着，路过一个金店，看见店里放着很多金子。他马上就走不动路了，就一直在金子前面眼睛都不眨地看，把眼睛瞪得通红。金店的人看见他这样看金子，觉得很可笑，于是就嘲笑他。

他看见这些金子以后忽然癫狂的毛病犯了，于是在柜台上拿了一块金子就跑，跑了不太远就被人抓住了。

抓他的人问："你怎么这么大胆？在光天化日之下居然就敢抢金子！还知道王法吗？难道你就不害怕吗？"

这个抢金子的人却很无奈地回答道："我冤枉啊，刚才我只看见金子，没有看见人啊！"

抓他的人和一旁围观的群众都哈哈大笑起来。

这个故事可能有一点夸张，但是仔细想一想，却也不是没有道理。

很多人在做事的时候也像那个齐国人一样只见金子不见人，做的全都是一些火中取栗的事，到头来往往会害了自己。

所以，人一定要能够控制自己的欲望，否则就会沦落到和那个可笑的齐国人一样的境地。

巧妙的住店方法

费尔南多是一个犹太人，也是一个售票员。一天，他在星期五的黄昏经过一个犹太的小镇，由于他身无分文，所以没有钱住宿和吃饭，于是就只好找那个小镇里面的犹太教会，希望他们可以帮助自己。

但是由于这个镇子的教堂比较破，所以没有地方可以供费尔南多住宿，他们建议费尔南多到一户人家去投宿。教堂的执事翻看了记录以后非常为难地说："我们这个镇子里住的大多是穷人，而且基本上都已经住满了，只有一户叫梅尔西的人家例外，他们家是开金店的，非常富裕，但是他为人很贪婪，不喜欢帮助别人，一定不会让你住宿的，你不如到附近别的镇子里去问问可不可以留宿吧！"

费尔南多听到执事的话之后笑了笑，说道："没有关系，我一定会让他留宿我的。"

费尔南多做好了准备——把一块砖头用布层层包起来，就去了梅尔西家。

见到梅尔西以后，费尔南多把梅尔西拉到一边，把那块包了布的砖头偷偷地拿给他看，然后故意神秘地说："你说，砖头这么大的一块金子值多少钱？"

梅尔西听到以后两眼放光，觉得自己遇到了天大的好事，但是因为当时已经到了晚上，安息日已经到了，他不敢再做生意——犹太人在星期六和星期日是不能做生意的。为了稳住这位"财主"，梅尔西留宿了费尔南多，并且在后面的两天安息日里好好招待了费尔南多。

到了星期一的早上，梅尔西笑着拉过费尔南多来谈那块金子的事，费尔南多故作惊讶地对梅尔西说："我并没有金子啊！"

梅尔西大怒，指责费尔南多欺骗了他，但是费尔南多却笑着对梅尔西说："我只是问你砖头大的金子值多少钱，并没有说我有砖头那么大的一块金子啊！"

梅尔西想想他好像确实是这么说的，于是不好指责他，只能把苦水往自己的肚子里咽，自认倒霉。

费尔南多是聪明的，他巧妙利用了梅尔西的贪婪和欲望，得到了自己想要的东西。

这个故事也教育我们，一定要控制好自己的欲望，凡事不要太贪，否则很容易被人抓住小辫子，从而遭受到一些不必要的损失。

大钱包和小钱包

有个人带了一大笔钱去赶集，他担心自己携带太多的钱不安全，于是就找了一个四处无人的地方把这些钱埋了。

他第二天在集市里看好了东西，并且和别人谈好了价钱，去取钱的时候，却发现他昨天埋的钱没了。

他大吃一惊，但是又立刻冷静下来，认真地观察了一下四周的环境，终于发现对面的山上有一个小木屋，从那个小木屋里可以看见他埋钱的地点。于是他猜一定是他昨晚埋钱的时候不小心让对面小木屋里的人看见了，然后那个人就把他的钱挖走了。

于是，他就到那个小木屋前敲了敲门。

"谁啊？"小木屋里传来一个男人很不耐烦的声音。

但是他没有回答，只是继续敲门，不断地敲了很久之后，小木屋里的人终于把门打开了，但是脸色非常难看，很粗暴对他说道："什么事？"

他装作很真诚地问道："先生，我有一个大钱包和一个小钱包，我昨天晚上把小钱包给埋了，今天准备埋一下大钱包，你说我该把大钱包埋在哪里呢？还是我该把大钱包交给别人保管？"

那个木屋里的人听到他的话以后先是大吃一惊，然后脸色立即转怒为喜，说道："别人怎么会靠得住呢，你最好还是把大钱包埋起来吧，你最好把大钱包和小钱包埋在一起！"

丢钱的人听到以后故意做出一副恍然大悟的样子，然后说了一句"谢谢"，就欢天喜地地走了。

但是他并没有走远，在他埋钱包的地方附近等着。

过了不久，木屋里的那个人果然把他昨天挖出来的钱再埋到相同的地方，他肯定是在等丢钱的人埋"大钱包"。

丢钱的人冷笑一声，把自己的钱挖出来，扬长而去。

根本就没有什么大钱包。

丢钱的人是一个智者，他发现了偷窃的嫌疑人之后，并没有立即去找他理论，反而编造了一个"大钱包与小钱包"的故事，利用偷窃者的贪婪之心把自己的钱找了回来。

生活中，我们有时候也可能会遇到他这样的遭遇，这个时候不能蛮干，最好像这个智者一样，先想一想，然后再利用别人的弱点。

一个人如果有很大的欲望，就会有很多弱点，而且这样的弱点很容易被人看穿，从而使自己在生活中处于一个易于被欺骗的境地。

如果一个人能常常给自己的心灵洗澡，那么，他就可以让自己的弱点少一点，能够更好地在未来的人生道路上前行。

换位与变通的哲学

鱼不能放上面

相传苏东坡的烹饪堪称一绝，他尤其擅长做鱼。一天，他雅兴大发，亲自下厨做了一条鱼。那条鱼再加上苏东坡的精心烹饪，马上香气四溢，让人胃口大开。苏东坡还没有动筷子，隔着窗子就远远地看见黄庭坚过来了。苏东坡知道自己这个朋友是过来蹭饭吃的，于是就把做好的鱼放在橱柜的上面。

开席以后苏东坡只是随便拿了几个菜出来，并没有把橱柜上的鱼拿下来。

但是，黄庭坚一进苏家就闻到了鱼的香味，顺着香味看到了放在橱柜上面的鱼。他看见苏东坡没有把鱼放在餐桌上，就明白了苏东坡不想拿鱼招待他，于是笑着问苏东坡："小弟今天来是想向子瞻兄请教一个字，请问苏兄'苏'字怎么写啊？"

苏东坡知道黄庭坚问这个问题肯定是想给自己下套，但是想了一会儿之后没有发现套子在哪里，又碍于情面不好不回答，于是就答道："上面草，下面左鱼右禾（蘇）。"

黄庭坚又问道："鱼放到右边可以吗？"

苏东坡答道："可以。"

黄庭坚听到这里以后接着问苏东坡："那把鱼放在上面可以吗？"

苏东坡就皱着眉说道："鱼怎么可以放上面呢？"

黄庭坚听到苏东坡的回答以后笑得很开心，说道："既然鱼不可以放上面，那子瞻兄怎么不把鱼拿下来呢？"

苏东坡听到以后哈哈大笑，没想到一向才思敏捷的自己也中了黄庭坚的圈套，于是心服口服地把鱼拿了出来，和好友一起大快朵颐。

黄庭坚也如愿地吃到了苏东坡亲手做的鱼。

黄庭坚无疑是十分聪明的，他发现苏东坡没有把鱼拿出来时，并没立刻点破，让苏东坡下不了台，也没有发火，拂袖而去，而是巧妙地问了苏东坡几个问题，从而不仅如愿地吃到了鱼，而且没有破坏他和苏东坡的友情，还留下了千古美谈。

我们在做事的时候也要懂得变通，当你想要别人不想给你的那个东西时不要直接开口，那样可能会让别人反感，也可能会破坏你和别人之间的关系。

应该像黄庭坚那样巧妙地变通一下，这样才能达到想要的结果。

很多时候，直来直往并不是一个好的选择，变通一下更能达到意想不到的效果，不仅可以达到目的，而且不会影响人与人之间的感情。

五两银子成就的书法家

我国有一个著名的书法家叫米芾，字元章，号襄阳漫士、海岳外史、鹿门居士，是北宋著名的书法家，与苏轼、黄庭坚、蔡襄并称为北宋四大书法家。

相传，米芾在小的时候就和老师学字，但是因为调皮贪玩，学习不是很安心。他学了3年，费了好多的笔墨，也没有学成。

一天，米芾在自己家的树阴下写字，一个书生路过，在他家歇歇脚。这个书生看见米芾的字以后问道："这个字是你写的吗？"米芾兴高采烈地说："是啊，写得很好吧？"

这个书生笑着摇了摇头，米芾很着急，就说道："怎么会不好呢？老师都夸我了呢，不然你给我写几个字看看。"

书生听罢就提笔给米芾写了几个字。米芾看完书生写的字以后就被震住了，很真诚地要拜书生为师。书生一开始不想答应，但是经不住米芾的苦苦哀求，就说："要和我学写字也可以，但是你要用我的纸，我的纸很贵，要五两银子一张，你还要学吗？"

米芾听到纸这么贵以后就说："这个纸太贵了，我得回禀我的母亲，您先在这里等等，我马上回来。"

于是，米芾飞快地跑进家里和母亲商量。他的母亲很支持米芾学习，一咬牙就掏了五两银子给米芾，让他去学字。

米芾把这五两银子交给书生以后，书生给了米芾一张纸，和他说了一些写字的方法，然后让米芾练习。

米芾看着纸，提起笔来却不敢写，心里认真地回想写字的诀窍，思索字应该怎么写。

那个书生看见米芾久久没有动笔，就问米芾："你怎么还不动笔写呢？"

米芾说："这么贵的纸，我当然要好好地想一想了。"

思考成熟以后，米芾端端正正地在纸上写了一个"永"字，发现比以前写得好多了，并拿给那个书生看，书生也很满意。

后来米芾写字都很认真，一段时间以后他的字就突飞猛进。书生就要离开他们家住的小城了，临走的时候留给米芾一个荷包。米芾打开以后看见是他当初拜师学艺的五两银子，非常疑惑。那个书生就对他说："我当初不是想收你五两银子，只是想让你写字的时候认真一点。"

米芾听到以后感触很深，就把这五两银子收藏好，每次练字的时候都用这五两银子激励自己好好写字，终于成为北宋著名的书法家。

看完这个故事以后，我们很佩服那个书生的才能，他有一颗会变通的心。他没有像一个老学究那样嘱咐米芾练字的时候要认真，这样米芾肯定听不下去，他换了种做法，收了米芾五两银子，让米芾不敢下笔，这样就让米芾不自觉地认真起来。

教小孩的时候一定要因材施教，做事也要懂得变通，用正常的方法达不到目的的时候，变通一下，换一个奇思妙想，可能会达到意想不到的效果。

我们做事的时候也要像那个书生一样，凡事懂得变通，才能获得成功。

如果你被关进了监狱

有一个人曾经问3个人这样的问题："如果你们被关进监狱一年，监狱长可以满足你们一人一个要求，你们会要什么？"

一个美国人选择了3箱雪茄，因为他特别喜欢抽雪茄，他希望在狱中的一年里可以好好地享受一下雪茄的味道。

一个浪漫的法国人选择了让一个美丽的女子陪伴自己，希望在监狱里也能有一朵解语花可以和他一起度过，让监狱里的漫漫长夜不再那么无聊。

一个犹太人选择了一部电话，而且可以无限制的通话，因为他不想浪费狱中的时光，不想让他的生意在这一年里停滞不前。

一年后，第一个从监狱里出来的是那个美国人，他满脸胡子，脸色很差，变得很颓废，而且咳嗽不断。原来，这一年来他抽了大量的雪茄导致他的肺受到严重的伤害，他的身体变得很坏，精神也很委靡。

第二个从监狱里出来的法国人不仅带出了陪伴他的美丽女子，而且带出了他们在狱中生出的小孩，他以后再也浪漫不起来了。因为他从一个单身贵族变成一个拖家带口的人，以后得为生活奔波了。

第三个出来的是那个犹太人，他拉着监狱长的手激动地说："这一年来我每天都通过电话来和外界联系，现在，我的生意不仅没有停滞不前，而且扩大了3倍，为了表示感谢，我要送你一辆车。"

"如果我被关进了监狱"，这是一个多么可怕的假设啊，没有人会希望自己被关进监狱。"监狱里的生活是很可怕的，监狱里的日子很难熬。"这就是一般人的想法，所以，美国人为了打发时间要了3箱雪茄，法国人为了打发时间要了一个美女。

看看他们得到了什么？他们不仅浪费了那一年的时光，而且使自己的生活变得不如进监狱之前了，进监狱对于他们而言无疑是一种折磨。

反观那个聪明的犹太人，他不走寻常路，不仅没有浪费监狱里的时光，反而赚了很多钱，使自己的生活不仅没有比入狱前差，反而更好了，还带着感恩的心答谢监狱长——入狱的日子对于他而言不但不是折磨，反而成为一种财富。

总是墨守成规导致我们不能成功，其实很多时候只要我们变通一下，换个想法会更好。

道士与鹅

众所周知，王羲之是我国古代著名的大书法家，他的《兰亭集序》被认为是行书的经典字帖，他的字体也自成一体，成为我国历史上书法艺术的一座丰碑。

王羲之字逸少，出生于东晋显赫的王氏家族。相传，他特别喜欢鹅，他的书法就是因为他长年细心观察鹅的形态，所以才悟出来的。

有一天，他听说在远处的一个村子里，有一个老大妈养的鹅特别漂亮，叫声也特别好听，于是就托人先和那家人打招呼，说想去拜访那个老大妈。

养鹅的老大妈听说王羲之要来，顿时觉得脸上有光，但是家里家徒四壁，没有什么东西可以招待王羲之的，于是就狠下心来把鹅给杀了，招待王羲之。

王羲之高兴地到了老大妈的家里，满以为可以见到那只特别的鹅，但是却无奈地看见那只鹅已经被拔光了毛躺在锅里了。老大妈还特别高兴地和王羲之攀谈，让他吃鹅肉。

王羲之觉得非常可惜，但是却不好责怪老大妈，毕竟人家也是一番好意，所以就只好怀着郁闷的心情走了。

走在半途中，王羲之突然听见鹅叫。他寻着鹅的声音走到一个道观里，看见许多鹅，而且那里的鹅都长得比一般的鹅好看。王羲之越看越喜欢，就打听鹅的主人是谁。

这时候出来一个道士，说他就是鹅的主人，王羲之就表达了他想买几只鹅的愿望。道士显得很为难，对王羲之说："我的这些鹅不是养来卖的。"王羲之非常喜欢这些鹅，于是很恭敬地对那个道士说了很多好话。最后，那个道士终于松口了，说："这样吧，那你就给我抄一部《道德经》吧，抄完之后我就给你几只鹅。"王羲之听到以后欣喜若狂，马上答应了，给道士抄了一部

《道德经》。

其实，那个道士很早就想要王羲之的字了，因为听说王羲之的字千金难求，所以就没有贸然去求字。在经过多方的打听之后，那个道士知道王羲之喜欢鹅，就买了很多鹅精心饲养，等待王羲之上门。最后道士终于如愿以偿，用几只鹅换到了千金难求的字。

在生活中，很多时候我们都会遇到和那个道士一样的问题。相信在王羲之生活的那个时代，有很多人怀着和道士同样的愿望，非常想得到王羲之的字。

人们会用各种方法求，或者是千金，或者是奇珍异宝，或者是别的等等，但是无疑他们都不如那个道士。道士特别聪明，他没有明说要和王羲之换字，只是等着王羲之求他，然后再很"勉强"地答应和王羲之交换，还让王羲之欣喜若狂。

那个道士无疑是很有手段的，他知道如果想达到目标就要懂得变通，知道如何得到自己想要的东西。

懂得变通让那个道士用几只鹅就换到了王羲之的字，你懂得变通以后，又会得到什么呢？只能说，只要懂得变通，你就会得到想要的东西。

最珍贵的东西

从前，有一个科学家和4个人一块儿去森林里探险。那4个人里面一个是他的助手，一个是猎手，一个是向导，还有一个是雇用来背行李的工人。他们5个本来互不相识，全靠科学家的组织才走到一起。

他们为了完成科学家的考察计划往森林深处走去，在一片黑森林前向导止步了。他告诉其他人那里是"死亡之林"，进到里面的人从来没有人能活着出来。他们不能再往前走了。科学家坚持要往里面走，其他的3个人也同意科学家的意见，因为他们都是科学家出钱雇用来的，如果没有完成任务就拿不到钱了，所以向导也只好无奈地跟着他们几个人往前走。

等他们走到森林深处的时候，科学家终于完成了科考任务，但是他们却迷路了。他们走了很久以后也没有找到出路，这时却发生了更可怕的事——科学家忽然得了重病。科学家觉得自己命不久矣，他害怕等自己死了以后剩下的这4个人会在森林中分开，然后都丧生在森林中，于是想了一个办法把他们团结起来。

科学家把一样包得严严实实的东西放进一个木箱里，然后用钉子把木箱封好，对其他4个人说："这一次考察最重要的东西被我放在木箱里了，你们按照我写的这个地址把木箱交给我的朋友，在他的监督下打开木箱，然后你们会得到最宝贵的东西。"

科学家让4个人在他的面前发誓，一定要把这个箱子送到目的地，而且绝对不在中途私自打开木箱。

4个人抬着木箱艰难地前行，他们经过无数艰难险阻，打退了很多来袭击的野兽，每当他们想放弃的时候，想想已经答应科学家要把这个木箱送出去就充满了力气。每当他们发生争吵想分开的时候，想想只有4个人才能抬起木箱，就又和好，继续结伴往前走。

终于，他们走出了那个被称为"死亡之林"的森林。

他们把箱子送到目的地以后，在科学家朋友的监督下打开了木箱，然后怀着激动的心情打开了包住"宝物"的一层层包装，最后却惊讶地发现——所谓的宝物只不过是一块石头。

他们都愤怒了，不能够接受这个事实。

科学家的朋友问道："科学家当时是怎么说的？"然后4个人回想起当时科学家的话，"你们会得到最宝贵的东西。"

他们醒悟了，科学家靠着这个箱子把他们团结起来，他们一起走出了那个从来没有生还者的"死亡之林"，他们得到了最宝贵的东西——生命！

这个科学家是聪明的，他没有直接要求那4个人团结起来，而是给了他们一个共同的目标，让他们不得不团结起来。

试想一下，如果科学家没有变通一下，造个箱子出来，而是直接让4个人结伴走出森林，会产生什么样的结果？他们肯定很容易就分散开来，一个也走不出森林。

一头掉进枯井的驴

从前，有一个农夫养了一头驴，他对那头驴很爱护，因为那是他非常珍贵的财产。

然而有一天，一件不幸的事情发生了——那头驴掉进了一口枯井里。

可怜的毛驴在里面很郁闷，哀嚎着，为自己的处境而悲哀。农夫也很郁闷，他也不想让那头驴死，如果那头驴死了，对他是一笔多么大的损失啊！

农夫开动脑筋，找了绳子等来救那头驴，想把驴套上来，但是想尽了办法，驴还是没有被弄出来。农夫很气馁，准备找人往井里填土，把那头驴给活埋了，因为驴总出不来也会被渴死饿死。可怜的农夫不想让那头驴死得那么惨，才想到土埋的办法。

于是，农夫找人往井里填土。土不停地倒在驴的身上，驴发现农夫想活埋它的想法，哀鸣得更厉害了。

但是不久之后，驴停止了哀鸣，它发现那样是没有用的，对它的处境没有任何的好处。它坚强地抖了抖身上的土，然后站在土上面，这样，它慢慢地就往上升了。

农夫和填土的人都愣住了，发现往里面填了很久的土之后驴还是没有被埋住，反而靠着填进去的土慢慢升上来了。

农夫很高兴，让大家继续往井里填土，他看到了让驴出来的希望。

最后，土填到井口，驴也出来了。农夫终于保住了他那珍贵的财产，非常开心。

通过这个故事可以看出，驴不全是"蠢驴"，也有聪明的驴。那头驴通过自己的努力，使本来要夺走它性命的土变成了救它的工具，使坏事变成了好事。

在我们的人生当中，也往往会遇到这样的情况，就是——遇到了一个困境，而且这个困境是很致命的。如果在这个时候能够冷静一下，不怨天尤人，不悲观失望，有时候明明是人家想害你而做的事，反而可以成为你的一个机遇。

所以，思考问题的时候不能僵化保守，更不能墨守成规，要常常换个想法，能够变通一下。这样才能够得到意想不到的收获，有时候甚至是救命的良药。

永远把自己当成是主演

安妮是一个很可爱的小女孩，她从小就特别喜欢表演。她在家里的聚会或者亲戚之间的聚会中经常给大家表演节目，每一次都会获得大家的真心喝彩。

但是安妮非常希望有一天能够上真正的舞台表演，她想让自己在聚光灯下面表演，想让自己得到更多观众的欢呼和喝彩。

终于，机会来了，她们学校要排演一个大型的话剧"圣诞前夜"。这个话剧会在学校的大礼堂里表演，到时候全校师生和家长们都会去看，是一个盛大的表演。安妮雄心勃勃地去面试，她认为自己很出色，肯定能够得到一个好的角色。

但是面试完了以后安妮却垂头丧气地回来了，因为她没有当上主角，她的角色是一只狗。

失望的安妮把自己关在房间里，吃饭的时候也不想出来，躺在床上用被子蒙着自己的头，什么也不想干。

安妮的妈妈看见安妮的样子以后很担心，于是进屋和安妮聊天。当知道了安妮的困境以后，妈妈说："安妮，你得到了一个角色，不是吗？不要看不起这个角色，你可以用主演的心态去演戏。你只有投入进去，才能够演好，即使角色只是一只狗，你也可以成为主演。只要拥有主演的心态，你就是主演。"

安妮听了妈妈的话以后犹如醍醐灌顶一般，她不再悲观，不再难过，她全身心地投入到排练之中。为了演好这只狗，她甚至去买了护膝，这样她在舞台上爬来爬去的时候就不会疼了。

当圣诞节到来的时候，安妮的爸爸妈妈去礼堂看她的演出。

先出场的是男主角，然后是女主角，他们坐在壁炉前聊天，这时，安妮穿着一套黄色的、毛茸茸的狗道具服出来了，她手脚并用地爬上了舞台。

但是人们发现这不是简单的"爬"，安妮蹦蹦跳跳、摇头摆尾地跑进了"客厅"。她先在小地毯上伸个懒腰，然后才在壁炉前安顿下来，开始呼呼大睡，一连串的动作惟妙惟肖，很多观众都注意到了她，并被她可爱又滑稽的动作惹得哈哈大笑。

随着剧情的发展，安妮进行了很好的配合，她时而从梦中突然惊醒，机警地四下张望，神情和家犬一模一样；时而好像察觉到异样，仰视屋顶，喉咙里发出呜呜的低吼声，她费尽了心思，表演得相当逼真。

安妮的爸爸妈妈发现现在大家已经不再注意主角们的对白了，他们的目光都被安妮吸引住了。他们关注着安妮的一举一动，然后不时地发出笑声。

那天晚上，安妮虽然没有一句台词，但却抢了整场戏。大家都深深地记住了安妮扮演的那只狗，所有的人都夸奖安妮有表演的天分，他们谢幕的时候观众们给了安妮一次又一次的掌声。

安妮激动得热泪盈眶，心中充满了成功的喜悦，满含感谢地看着自己的妈妈。

生活中很多时候，也许你也像安妮一样，并没有成为主演。但是没有关系，只要你像安妮那样努力，带着主演的心情去演戏，把自己当成是主演，那么——你就是主演。

生活中有的角色并不那么炫目，没有被大家当成"主演"，所以往往会被大家忽视。而需要扮演那个"角色"的人也会对自己的角色失望，从而破罐子破摔，让自己的处境更加艰难。

试想一下，如果安妮被分到那只狗的角色以后委靡不振，那么她能取得成功吗？恐怕只会成为一个活动的"背景"吧？

她的妈妈是一个非常聪明的人，懂得教她变通，换个角度去想问题，从而不但化解了安妮的心结，而且使安妮取得了意料之外的成功。所以很多时候——换个想法会更好。

出人意料的广告

日本有一家专门制造咖喱粉的工厂。他们生产的咖喱粉质量很好，但是由于产品知名度不高，所以销售量总是上不去。

董事们为这件事很不满，常常因此而责骂经理无能。经理对这件事也很苦恼，因为这个小公司根本拿不出太多钱来做广告，但是又想不到什么其他比较好的提升公司产品知名度的方法。愤怒的董事们一连换了几个经理，但是公司产品的销量还是没有什么起色。

转眼间，公司就又换了一个新经理。董事们让新经理赶快想出一个提升公司产品知名度的方法。

一天，新经理在冥思苦想的时候偶然间看到一个酒店罢工的新闻，然后各个媒体都去采访这个酒店，酒店的知名度一下子就上去了。于是，新经理灵机一动，计上心头。

他先在电视上做广告，说他们公司为了提升自己产品的知名度，准备用飞机在富士山上撒咖喱粉。这位新经理的做法理所当然地引起了轩然大波，人人都不希望这件事发生，纷纷出来谴责这件事。报纸、杂志、新闻媒体都对这件事发表了自己的看法。

新经理见宣传的效果已经达到了，就在电视上公告说："鉴于大家的强烈反对，本公司决定取消在富士山上撒咖喱粉这一活动。"市民们纷纷拍手称赞，很多人因为这一事件而记住了这个品牌。

结果，这个品牌的咖喱粉在日本热卖，连续几年蝉联咖喱粉销售的榜首。

这位新经理无疑是聪明的，没有花费太多的广告费，却让自己的公司大大地出了一次名。

如果那位新经理不懂得变通，不懂得制造一个热点、焦点来使自己的公司出名，不仅公司产品的销售量上不去，自己也将面临被解雇的危险。他的灵机一动不仅救了公司，也给他自己带来了实实在在的利益。

但是这种幸运不是从天上凭空掉下来的，是他变通的结果。如果他的脑袋很僵化保守，怎么可能会想出这么好的办法呢？

由此可知，我们在生活和工作中时时都需要变通，想事情的时候换个想法是成功的前提和基础。

向和尚卖梳子

一个公司想在众多销售员里提升一个人为销售经理，于是给销售员们进行了多次考核。其中的3位经过层层的考试以后依然难分伯仲，所以公司决定给他们加试一场。

董事长和总经理为加试的题目冥思苦想了很久，最后终于敲定了一个看似很折磨人的题目：向和尚卖梳子。

3个销售员看到这个题目以后面面相觑，都非常惊讶。众所周知，和尚是没有头发的，那么他们怎么会需要梳子呢？怎么才能把梳子卖给他们呢？

3个销售员带着几分无奈、几分困惑分别走进了3座寺庙。

第一个销售员在寺庙里转了一大圈也没有想到什么好方法，这时遇到一个小和尚。这个小和尚因为头皮很痒，就在太阳底下抓头皮。销售员看了以后灵机一动，对小和尚说："小师父，你这样抓头皮很不卫生，容易感染疾病，但是如果你用梳子就好多了。我这里有一把梳子，很便宜的，物美价廉，很合适你用……"这个优秀的销售员利用他的三寸不烂之舌给小和尚讲了一大堆道理，结果小和尚兴高采烈地买了一把梳子，销售员完成了任务，就很开心地复命去了。

第二位销售员进了寺庙以后，经过认真地观察，发现有一些香客进香的时候头发很乱，于是就找了这间寺庙的方丈出来，对方丈说："方丈，你看，进香的香客里面有很多头发不整齐，这样简直就是对佛祖的亵渎啊！在进香的时候怎么可以这么不注意仪容呢？我这里有一些梳子，如果您买几把放在这里，可以让香客们都梳好头再进殿，这样是对佛祖的恭敬啊！"方丈听了这位优秀销售员的话后为之所动，买了10把放在佛殿门前供香客梳头用。第二位销售员完成任务以后也开心地回去复命了。

第三位销售员在寺庙里转了一圈之后，找到方丈，并对他说："你们的寺庙这么有名，来的香客这么多，可以开发一下纪念品啊！我这里有一些精致的梳子，你们可以找名人写上字或者雕上一些你们寺院的特色，然后高价卖给香客，这样多好啊！"方丈被这位优秀的销售员说动了，买了1000把梳子。第三位销售员也兴奋地走了。

最后的结果可想而知，第三位销售员做了销售经理，因为从一件看似无法完成的任务中看见商机，是公司需要的销售人才。

向和尚卖梳子是一件看上去"不可能完成的任务"，但是故事中的3位销售员都找到了商机，完成了任务，他们都不愧是优秀的销售员。

然而虽然他们都开动脑筋完成了任务，但是反映出来他们 3 个人的能力却是不同，眼光境界也不同。

第一个人完全没有想到梳子除了梳头以外还有什么用处，完全是用自己的一张嘴"哄骗"了一个小和尚。

第二个人也没有走出条条框框，虽然卖了 10 把梳子，但是也没有摆脱"用梳子来梳头"这一思维定式。只是让买梳子人不是为了自己梳头，而是给别人梳头，所以取得的成果也不大。

只有第三个人完全摒弃了成规，把梳子不再单独看成一把梳子，而是看成一件商品，一件纪念品，才取得了巨大的成功。

这个故事给我们的启示是——只有变通才能取得成功，你越懂得变通，取得的成就就越大！

一个聪明的喜剧演员

巴黎是一个浪漫之都，也是一个文艺之都，它那浓郁的文化气氛孕育了很多艺术家，让巴黎的人们都带上了浪漫的气质。

雷诺是一个有名的喜剧演员，他常常给大家表演喜剧，也常常带着欢乐的心态去面对生活。他总喜欢在生活中创造一些小意外，让大家开怀一笑。所以，他无论是在舞台上还是在舞台下都很成功。观众们喜欢他，朋友和家人们也很喜欢他。

一次，他独自到乡下游玩，放松一下心情，并且寻找一些可以搬上舞台的素材。他在乡下玩得很开心，也找到了一些贴近生活的喜剧素材。

但是当他的旅程还没有结束的时候，他忽然收到了家里的电报，他的爸爸病危，可能撑不了多长时间了，让他立即赶回巴黎。

心急火燎的雷诺立即赶到火车站去买票，但是因为太着急了，匆忙间丢了自己的钱包，只有不多的一点零钱还留在他的衣兜里，但已经不够买回巴黎的火车票了。

雷诺遇到这样的不幸的事情以后并没有悲观失望，反而发挥他的喜剧天分突发奇想，想用一个非常出人意料的方法回巴黎。

他用剩下的不多的钱买了一个信封和两瓶酒，并在那两瓶酒的酒瓶上分别写上"给国王喝的毒酒"和"给王后喝的毒酒"，然后把他的窘迫情况和急需回家的理由在信里详细叙述，把信寄给国王。

雷诺把信寄出以后故意让警察们看见自己带着的"毒酒"。警察们看到这两瓶毒酒以后非常吃惊，把雷诺当成一个极度危险的犯罪分子押送到巴黎，准备让巴黎警方好好地审理这起"重大"案件。

不久之后国王收到了这封信，他看完以后哈哈大笑，夸奖雷诺不愧是一个成功的喜剧演员，然后把他放了出来。

雷诺的这一故事也成为人们口口相传的美谈。

当我们遇到雷诺那样的困境时会怎么做？恐怕好多人都会一筹莫展吧。很少有人能够冷静地想出这么好的办法来化解这个危机。等到悲伤完以后，可能连自己父亲的最后一面都见不上，而在心中留下永远的遗憾，然后在剩下的人生中不断地谩骂那个小偷或者是埋怨自己的粗心。但是那样做有什么意义呢？错过的事情永远都不可能再重来，已经变成遗憾的事情也没有办法来弥补。

所以，我们在日常生活中要保持冷静的头脑，在遇到困境的时候不要忙着悲伤，不要忙着后悔。再多的悲伤和后悔对我们来说都没有用，重要的是快一点变通一下，换个思路来解决自己的问题。

只有常常变通、换个想法想问题，才能让自己的人生不留遗憾，才能让自己不错过很多不可错过的事。

包公审石记

包拯是宋朝著名的官员，他断案十分精准，不冤枉一个好人，也不错放一个坏人，别人觉得很复杂的案子，在他手里一审都会水落石出，所以人们纷纷称他为"包青天"。

一天，有人在草丛里发现了一具男尸。尸体身体已经腐烂，根本看不出面目来，只是根据衣着和身体特征可以看出是一个男性。而且男尸的背上压着一块大青石，肩上还搭着一马褡裢，里面有木制的"宋记"印戳。

包拯根据收集到的资料断定这是一个卖粗布的商人，于是派衙役找来附近的里长询问，发现此地根本就没有姓宋的贩布商人。

这个案子再也没有更多的线索了。如果大张旗鼓地四处问讯，四处排查很可能会打草惊蛇，让凶手逃脱。包拯为了找到凶手就心生一计——审石。

第二天，包拯先让衙役们四处散布消息，就说包大人要审石头，让大家都来观看。果然，包拯的做法激起了人们的好奇心，大家纷纷到衙门口看包拯办案。

包拯让衙役们把压在男尸上的那块大青石板抬出来，然后说，案子已经破了，杀人的凶手就是这块石头，然后吩咐衙役们打这块石头。衙役们觉得很奇怪，但是无奈大人的命令不可违背，就狠狠地打那块石头，打得手都肿了。

一旁观看的群众被衙役的样子逗得哈哈大笑，声音很大。包拯发怒了，拍了一下惊堂木，然后说道："堂下何人喧哗？"

大家被包大人吓到了，于是纷纷噤声，并且跪下来低着头，听凭包大人处置。

包拯于是宣判每人都要在3天之内交3尺粗布。

大家纷纷到布庄买布或者从自己家里拿布来上交。包拯仔细地辨别这些布，终于发现了有一些布上面的"宋记"标记和死者身上的木刻一模一样，于是就把交布的人找来，让他去认人。

包拯凭着交布人的指认抓住了一个布庄的老板。经过询问以后，那个老板交代了事实。原来，死者是一个外乡人，他把布存在这个布庄老板的店里。布庄老板见财起意，而且觉得他一个外乡人无亲无故，死了也不会有人发现，于是就把人给杀了，然后抛尸荒野。但是没有想到包大人这么快就查出来了。

包大人抓到了凶手之后就把收的布都还给大家，并向人们详细讲明了事情的经过。人们听了事情的经过以后更加佩服包大人，包拯"青天"的美名也远播四方。

在古代那样艰难的情况下，想要破案无疑是十分困难的。因为当时没有现在这么好的技术，可以验指纹、验血型、验DNA等，而且也没有完备的户口记录，要想破案很难。但是包拯根据已有的条件。聪明地变通了一下，很快就找到了凶手。

试想一下，如果他不懂得变通，一家一家地去找布，很容易打草惊蛇，也许还没有查到凶手就跑了。而且古代没有那么多衙役和捕快，大范围的排查不仅费时还费力，这件案子很容易就会变成一件无头公案。

包拯只是简单地改变了一下思路，结果就完全不同了，这就是变通的魅力。

苦难与挫折的哲学

由俭入奢易，由奢入俭难

范仲淹是北宋著名的政治家，然而他更大的成就可能是在文学方面。他的传世佳作《岳阳楼记》中的"先天下之忧而忧，后天下之乐而乐"，更是广为流传，时常被人们引用。

但是很少有人知道，范仲淹的求学过程是很艰苦的。他的父亲在他出生的第二年就病逝了，母亲带着他生活得十分艰苦。后来由于生活所迫，他的母亲就改嫁了山东临淄州长山县一户姓朱的人家。范仲淹也一度改从朱姓，取名朱说，在朱家长大。

范仲淹小的时候就被送到学堂念书。由于家里的条件不好，他的生活十分艰苦，每天都只煮一锅粥，放凉后切成 4 块，早晚各吃 2 块。

范仲淹的生活条件虽然很艰苦，但是他却没有让这些事情影响学习。他每天虽然吃得很少，但是很努力地看书，早起晚睡，学得很好，成为老师的得意门生。

范仲淹一个处得很好的同学看见他每天只吃那么一点东西，就提出要出钱赞助他，让他吃得更好一点，但是却被范仲淹婉言谢绝了。那个同学感到惊讶，问范仲淹为什么。范仲淹正色道："我非常感谢你的好意，但是恕我不能接受。我并不是喜欢过这种每天吃粥的生活，我也希望可以过好一些的生活，但是我已经过惯这种每天吃粥的日子了，古人说'由俭入奢易，由奢入俭难'，我怕我到时候就吃不了苦了，所以我不能接受你的好意。"

后来，范仲淹继续埋头苦读，终于成为北宋著名的宰相。

有的时候，苦难是上天给我们的一笔财富，那些没有吃过苦的人，那些没有经历过磨难的人是很难取得巨大的成就的。

古语常说："宝剑锋从磨砺出，梅花香自苦寒来。"一个人只有经历过磨难，只有吃过苦，才会有成就。

范仲淹幼年时的贫苦经历在很大程度上影响了他的性格，也影响了他日后的文风和政治方针。这些都是他日后不可缺少的东西，所以，上天在让他受苦的同时也给了他一笔可贵的财富。

我们在面对苦难的时候，不能怨天尤人，悲观失望，要能够想到，苦难也是一笔财富，面对苦难的时候也要笑一笑，上天今天让你遭受这样的苦难，日后也会让你得到加倍的成功。

玉不琢不成器

西汉末年，皇位被奸臣王莽所篡夺，由于王莽不能很好地管理国家，国家乱得一团糟，爆发了绿林赤眉起义，后来的东汉光武帝刘秀就在这些起义的人当中。

当时，义军联合起来，推刘玄为帝。

但是当时，刘秀和他的哥哥刘伯升渐渐在军队中表现出过人的胆识和才智，渐渐得到士兵们的爱戴。特别是在昆阳一战中，刘秀临危不乱，以少胜多，兄弟俩的威望更高了。

于是，刘玄感到了一种威胁。

这个时候，就有人在刘玄的面前进谗言，对刘玄说："大王，刘秀兄弟俩才识过人，而且屡立战功，势力越来越大，威望也越来越高，他们两个必然不是池中之物，此时不除，就一定会成为将来的祸患，会威胁到大王您的地位啊！"

刘玄觉得这个人说得很有道理，于是便找借口杀掉了刘秀的哥哥刘伯升。

刘秀那时在昆阳，他听到哥哥的死讯以后十分伤心，但是却不敢表现出来。因为他从哥哥的死已经看出刘玄对他们兄弟两个起了疑心，于是就把满腹的悲痛隐藏在自己的心中。

刘秀想到了逃跑，但是很不甘心，因为逃跑之后虽然自己的身家性命会保住，但是自己和哥哥这么多年来的辛苦就付之东流了，哥哥的仇也就不能报了。刘秀决定效仿孙膑装疯，然后找机会报仇。

于是，刘秀在接到刘玄的命令之后立即回了宛城，叩见皇帝刘玄。一到殿上，他立即就很卑微地跪下给刘玄请罪，然后对刘玄哭诉道："大王！我们兄弟没有听从您的意见，真是罪该万死啊！"

刘玄看到刘秀这么卑微地跪在自己面前，就觉得心里平衡了很多，然后又想到自己以一个"莫须有"的罪名杀死了刘秀的哥哥刘伯升，觉得挺对不起他们兄弟俩的，于是就没有对刘秀再动杀心。

刘秀走了以后，刘玄的那个谋臣十分惋惜，告诉刘玄说刘秀日后必反，劝刘玄立即杀了刘秀以绝后患。

但是刘玄这个时候却犹豫了，不知道自己该不该杀刘秀。于是，他派人监视着刘秀。

一些刘秀的旧部知道刘秀回了宛城，纷纷去看他，说到刘伯升的时候，就说了一些过激的话，结果刘秀大声地训斥了自己的部下。

为了表明自己的立场，刘秀连哥哥的丧礼都没有去参加，而且在脸上不敢露出一点儿悲痛的表情，每天都吃喝玩乐，和刘玄说话的时候也总是一副唯唯诺诺的样子。刘玄对刘秀的表现很满意，慢慢地就彻底放弃了杀死他的想法，甚至连监视他的人都撤了回来。

刘秀发现刘玄对他放松警惕了，便拉着自己的队伍离开了刘玄，并最终取得了胜利，成为东汉的开国皇帝"汉光武帝"。

历史上，那些能够取得惊人成就的人，都是受过一些苦难的人。所谓"玉不琢不成器"，只有经历过苦难的磨砺，一个人才能更加接近成功，才能取得令人惊叹的成绩。

试问一下，如果刘秀当时没有冷静地在困难、苦难中寻找到一条出路，而是怨天尤人，或者是不能忍耐，把自己的悲伤和不满表现在脸上，那么，他还能得到成功吗？恐怕早就被刘玄杀了吧。

所以，我们在生活中经历苦难的时候要隐忍，要冷静，这样才能最后取得成功。

珍珠的形成

从前有两只贝壳，它们共同生活在海里，住得非常近。它们相处得非常好，经常在一起聊天，活得非常开心。

但是有一天，其中的一只贝壳发生了意外。它在张开自己的壳的时候不小心让一颗小沙砾进到自己的身体里。沙砾让它很不舒服，于是它不得不分泌出一些乳液来润滑这颗沙砾，从而让这颗沙砾变得晶莹剔透，成为我们所认识的——珍珠。

另外一只贝壳没有遇到这样的意外，它的体内没有沙砾，所以不会分泌乳液，也就不会有珍珠。

在那只贝壳刚刚发生意外的时候，另外一只贝壳看到它那么痛苦，那么难受，就对它说："你真是可怜啊，居然要遭受这样的苦难，幸好我不用受这样的苦，不用像你这么惨。"

可是那只遭受苦难的贝壳却没有特别难过，虽然它的身体在经受痛苦，但是它觉得这么做是值得的。

它对那只体内没有珍珠的贝壳说："虽然我要经历苦难，但是我却不介意，因为只有经历过这些苦难，我才能孕育出无价的珍珠来。而你虽然可以过上安逸的生活，但是到后来，你也许会什么都得不到——没有苦难的磨砺就不会有珍珠。"

我们看了这个故事之后是否能够明白这样一个道理——一个人只有经受过苦难的磨砺，才能创造出令人惊叹的成就来。

就好像那只身体里进了一颗沙砾的贝壳一样，它的过程是痛苦的，但是结果却是——它通过了苦难的考验，孕育出了一颗璀璨的珍珠。

如果我们在生活中得过且过，一心想过安逸的生活，不曾遭受苦难的考验，我们就会像那只身体里没有进沙砾的贝壳一样，虽然在平常的日子里过得比较安逸，不用遭受身体上的痛苦，但是也不会有收获。

在生活中，我们不要害怕苦难，不要害怕那些困境对我们的折磨，那其实是我们超越自己的机会，只要我们在苦难中保持笑容，我们就会取得成功，就会得到自己的那颗"珍珠"！

孙武斩宫妃

孙武生活在吴王阖闾的那个时代，当时，因为孙武很有名，所以被吴王阖闾召见。吴王阖闾不太相信孙武有传说中的军事才能，就想为难一下孙武。

吴王阖闾问孙武："你那13篇兵法我都看过了，写得很好，但是，你可不可以演练一下给我看看呢？"

孙武自信地回答："可以。"

吴王阖闾哈哈大笑，说："好，那我给你300名宫女，你把她们都训练成士兵吧！"其他人听到吴王阖闾的这个要求也哈哈大笑，明白吴王阖闾其实是想为难一下孙武。

但是，孙武既没有恼怒，又没有怨言，很严肃地答应了吴王阖闾的要求，训练那300名宫女。

孙武让宫女们穿上戎装，拿上武器，然后就对她们说军规，并说道："令必行，禁必止，违者必斩！"

但是宫女们听到孙武的话就好像没有听到一样，还是嘻嘻哈哈的，根本不把那些所谓的军规放在眼里。

孙武让她们前进的时候有人走有人停，让她们出剑的时候有人把剑随意地拿在手上和旁边的人聊天。

吴王阖闾和大臣们看到这个情景以后哈哈大笑，纷纷嘲笑孙武。

孙武让人把吴王阖闾最宠爱的两个妃子抓出来，要斩她们。吴王阖闾听到孙武的命令以后大惊失色，想要救她们。但是，孙武执意不肯，对吴王阖间说："大王，她们现在是我的士兵，我拥有绝对的处置权。"就杀了两个妃子。

那些宫女们都被吓坏了，四下里静得可怕，孙武又把军规说了一遍，宫女们这一次听得很认真。

后来，当孙武喊口令的时候，宫女们做得很认真，令必行、禁必止，和一支正规的军队没有什么两样。

吴王阖闾和大臣们看了以后都非常吃惊，再也不敢小看孙武了。

孙武一开始就处于一种很不利的状态，吴王阖闾不服气他有那么大的名声，于是想为难一下他，故意给了他最差的一种士兵—娇滴滴的宫女和妃子。吴王阖闾的初衷是要看孙武的笑话。

孙武其实也知道这一点，但是他没有在苦难面前低头，没有被吓怕，而是勇敢地迎难而上，做出了让大家都目瞪口呆的事情——硬是把那300来个娇滴滴的宫女和妃子训练成了正规军。

我们也应该向孙武学习，努力和苦难斗争。当遇到困境的时候，或者被别人为难的时候，不要恼怒，不要发脾气，要用自己的实力和表现来证明自己，让别人不敢再小看自己。

在苦难中不能沉沦，更不能倒下，要迎难而上，才会得到最后的成功！

秀才与财主的合同

从前，有一个很小气的财主，他的家产丰厚，但是为人却又小气又吝啬。

他有一个小儿子，正是请先生启蒙的时候。于是，他便请了几个秀才教他的儿子。刚开始的时候，他和教书先生们说每年给先生50两纹银，把他们骗到自己的家里。但是先生来了以后，他对先生十分刻薄，一年到头就只给先生吃豆腐，把先生们在结算工钱之前逼走，他就可以不付给先生钱了。

一个秀才听了之后，决定去教训一下这个财主。

他主动找到财主，表示愿意给他的儿子当教书先生。财主问秀才要多少工钱，秀才就把自己拟订的一个合约给财主看。财主看了以后大喜，因为上面写着："无鱼肉亦可，无米面亦可，50两纹银不要，不可不食豆腐。"于是，就爽快地和秀才签了约。

这一年里，财主就像以前对别的先生那样对付这个秀才。但是，这个秀才都忍耐住了，没有辞职，就算天天吃豆腐也依然坚持在财主家里教书。

到了年底，秀才要财主给他结算工钱，财主不给，于是就闹到了县太爷那里。

财主十分生气，对县太爷出示了他们的合约，并且给县太爷念了出来："无鱼肉亦可，无米面亦可，50 两纹银不要，不可不食豆腐。"然后财主对县太爷说："我完全是按照合同做的啊，他也写明他不要银子的，现在他又和我要银子，你说他是不是很没有道理啊？"

秀才却冷笑了一声，对县太爷说："大人，合同的确是这一份，但却不是这样念的。"于是，秀才自己又念了一遍合同："无鱼，肉亦可，无米，面亦可，50 两纹银不要不可，不食豆腐。"然后又对县太爷说："大人，他一年都没有履约，让我天天都吃豆腐，我除了要拿回自己的 50 两纹银之外，还要他给我赔偿！"

县太爷听了秀才的话就明白这是秀才给财主设的一个局，于是笑了笑，判财主败诉，不仅要给秀才 50 两纹银，还要赔偿秀才这些年来的损失。

在生活中，对于这样的困境，很多人会选择离开，远离这样的坏人，然后自认倒霉。但是，这样坏人根本不会收敛，也不会知错，还会变本加厉地去欺负其他的人。

我们应该向那个聪明的秀才学习，在遇到困境的时候迎难而上，找出解决问题的办法，在苦难的压力下保持从容，才能更接近成功！

迎难而上的晏子

晏子是齐国的重臣，有一次，齐王派他出使楚国。

楚国的君臣们想要耍一耍晏子。他们听说晏子的身材矮小，就在城门的旁边开了一个狗洞那么小的洞，准备让晏子从这个小洞进去。

晏子到了这个洞前，十分生气，但是并没有让自己的情绪表现在脸上，而是十分镇静，然后笑了笑，对接待他的官员道："我今天是出使楚国还是出使狗国啊？我听说只有狗国的人才会从狗洞里进出，难道这里竟然不是楚国，而是狗国吗？"

来接待晏子的大臣听到晏子的责问以后很羞愧，于是就说："这当然是楚国了，这是那些下人弄错了，大人快请从这边的城门进去。"

然后，这个官员擦了擦自己额头上冒出来的冷汗，命人飞奔到宫里把这里发生的事告诉大王，让大王小心——这个晏子很不好对付。

但是，楚国的君臣们并没有放弃要嘲笑一下晏子的这个想法，依然按计划进行。

楚王见到矮小的晏子以后，笑嘻嘻地说："难道齐国没有人了吗？"

晏子很生气地对楚王说："齐国有很多人，单是我们国都就有几万人，大家出来的时候肩膀碰着肩膀，脚跟碰着脚跟，大家把袖子都举起来，就可以形成一片云，大家都挥一挥汗，就可以形成一阵雨，怎么能说我们齐国没有人呢？"

楚王还是笑嘻嘻地说："那怎么把你给派来了？"

晏子知道楚王嘲笑自己的长相和身材，就说："大王有所不知，我们齐国有一个规定，派厉害的人出使强大的国家，派没有用的人出使弱小的国家，我在齐国是最没有用的人，所以就被派到楚国来。"

楚王听了以后心里很不好受，脸上的笑容也收敛起来。

这时，几个卫兵押解着一个犯人过来。楚王知道是自己安排的人，但故作不知，装模作样地问："怎么回事啊？这个人是谁？"

卫兵于是回答道："大王，这是一个小偷，他是齐国人。"

然后，楚王假装大惊失色，问晏子："难道你们齐国的人都喜欢作小偷吗？"

晏子很冷静地回答："大王，您听说过吗？橘子在淮水之南生长会很好吃，但是如果生长在淮水以北就会又苦又涩，难以下咽，这完全是水土的问题啊！同样，人们在齐国的时候都安居乐业，但是到了楚国以后就成了小偷，这也完全是因为水土的问题啊！楚国的水土太差了，只能长出小偷来！"

楚王听到这个解释以后很无奈，再也不敢看不起晏子，看不起齐国了。晏子以自己的言行维护了齐国的尊严。

晏子是一个很聪明的人，他没有被困难吓倒，勇敢地迎难而上，以自己的实际行动挫败了楚国君臣的阴谋，维护了齐国和自己的尊严。

我们在生活当中，也会像晏子一样遇到他人的刁难，应该向他学习，好好地想主意挫败别人的阴谋，而不要只顾着生气。

我们要学习他的那种心态，勇敢地面对苦难，再苦也能笑一笑。

人生与命运的哲学

天时地利人和

孟子有一次和弟子们一起讨论怎样才能在战争中获胜的问题。

有一个弟子说："我认为，要想打胜仗，必须要顺应天时，即抓住有利的季节和天气不可。"

另一个弟子马上反驳说："我认为天时并不重要，地利才是最重要的。有了高墙深池，并凭借山川险阻，这样才会攻必克守必固。"

说完，他看着孟子，认为孟子一定会称赞他的看法。

孟子听了他们的话，用手敲着大腿，慢慢说道："你们俩说的都是次要的因素，还有一个关键的问题没有抓住。从战争全局来看，抓住天时不如占据有利地形，地形有利不如全军将士上下同心。这是个很简单的道理。

"比如有一座地形有利的城池，在围攻过程中，一定会出现许多合适的战机，但终于没能攻克，这就是天时不如地利；还有一座城池，地理形势险要，城墙高且坚固，粮草充足，但军心涣散，一听到敌人来进攻，都弃城不战而逃，这就是地利不如人和。

"历史上这样的战例是很多的。这个道理同样可以用来治国，为什么这样说呢？保卫国家不必靠山川险阻，威行天下不必靠强兵利器。实行仁政的人，老百姓就会支持他。不实行仁政的人，就不会有百姓支持他，最后连亲戚朋友都要背叛他，那他的江山也就完了。所以说。天时不如地利，地利不如人和。"

听了孟子的话。学生们都佩服不已。

"天时"在今天看来应当是历史潮流或机遇，"地利"指的是地理优势，"人和"指的是人际关系融洽和谐。要想成就一番事业，这三者缺一不可。

呆若木鸡

古时候，有一种名叫斗鸡的赌博游戏，这种游戏在各国的宫廷里十分流行。帝王将相们在酒足饭饱以后，无所事事，常常用斗鸡来消磨时光，比赛输赢，从中取乐。

春秋战国时期，齐国的国王特别爱好斗鸡这种赌博游戏，他虽然也饲养一些斗鸡，却因为驯养得不好，总是失败。于是齐王便下令张榜招募驯养斗鸡的能手，纪沽子是一个专职驯养斗鸡的专家，远近闻名，他应召去给齐王驯养斗鸡。

纪沽子驯养斗鸡十天，齐王便迫不及待地催问说："驯养成了吗？"

纪沽子回答说："还不行。这鸡没有什么本领却很骄傲，仗着傲气，跃跃欲试。"

又过了十天，齐王又问："怎么样？现在成了吧？"

纪沽子说："还不行啊！它听到其他鸡的叫声，见到其他鸡的影子，反应得特别迅速。"

齐王说："怎么，反应迅速还不好吗？"

纪沽子说："反应迅速，说明它取胜心切，火气还没有消除。"

又过了十天，齐王再一次问道："怎么样了？现在难道还不成吗？"

纪沽子说："现在差不多了。别的鸡虽然鸣叫着向它挑衅，它好像没听到似的，神态自若，毫无变化。不论遇到什么突然情况，它都不惊不慌，一副呆头呆脑的样子，好像木头做的鸡，它已具备了斗鸡的一切特性了！别的鸡看到它这副模样，没有敢与它斗架的，遇到它掉头就逃跑。"

齐王把这只斗鸡带到斗鸡场上，果然每斗必胜。

有的时候，大智若愚，大巧若拙，将胜负置之度外恰恰可以取胜，成功之道在于养成良好的心理素质。

次非逃生

楚国人次非在别的国家得到一把宝剑，他准备把它带回家乡。回乡途中乘船渡江，船到江心时，两条蛟龙从水里窜出，激起的水花像暴雨一样落下来，次非问船夫："在水里遇到蛟龙，我们还能活命吗？"

船夫害怕地说："遇到一条蛟龙我们都活不了，更别说两条了。"

一船人都吓得发抖，瘫软在船上等死。次非从背上抽出宝剑说："蛟龙不过是江中腐朽的枯骨，今天，拼也是死，不拼也是死，我拿这把宝剑豁出去了。"说着跳到江中，与蛟龙搏斗。

船上的人只看见江水像开了锅一样翻滚，在漫天的水花中看不清蛟龙，更看不见次非。最后，江中平静下来，鲜血从水底一阵一阵地冒出，蛟龙的尸体也慢慢浮出了水面，最后，次非从水里探出头来，回到了船上，一船人因他的拼命而得救了。

面临绝境的时候，与其受命运摆布，不如与命运抗争到底。

命随人变

战国时代的纵横家苏秦，曾以自己的三寸不烂之舌挂六国相印。他在年轻时就已经是一个雄辩之士，并经常周游列国求仕，但却一直不为人所赏识。

在贫困潦倒之际，他无奈只好返回家乡。他的嫂嫂见到他一副神色枯槁的样子，便对他说："做普通百姓或去经商，都可以赚到钱来糊口，可你呢？终目游荡，无所事事，难怪落到今天这般地步。"

一顿奚落之后，他嫂嫂也不下厨给他做饭吃。

苏秦受到自家嫂嫂的如此冷眼相看，更加发奋学习，后来终于出人头地，衣锦还乡。

人不能安于现状，满足于现状，命运是可以改变的，时运和命运只能困住凡夫俗子，却困不住适时而变、积极进取的人。

曹刿论战

公元前684年春天，齐国重兵进犯鲁国。

当时，齐强鲁弱，鲁国大将曹刿与鲁庄公坐一辆战车来到长勺迎战，到了长勺安营扎寨。

第二天，探子回报：齐军旌旗森严，刀戟如林，一派杀气腾腾，准备厮杀的样子。

果然，齐将首先下令进军。刹刹那间，鼓声动地，杀声四起。鲁庄公正准备擂鼓出营迎战，曹刿拦住说："主公且少安毋躁，时机未到。"

齐军数万大军冲到鲁营寨前，见鲁营没有反应，好像没有要出兵的意思，于是便平静下来。稍过一阵，齐军又战鼓大作，可是曹刿仍阻止鲁军出战。

等齐军三鼓擂过，曹刿才回头对庄公说："时机已到，可以出击！"

庄公下令擂战鼓出寨迎敌，方才鲁国兵将只见齐军骄横的气焰，早就憋着满腔怒火，此时一听战鼓擂响，便如同下山猛虎一般，呐喊着掩杀过去。齐军猝不及防，顿时大乱，漫山遍野地溃逃。

鲁庄公大喜，便下令追击，曹刿又拦住说："不行。"

说完后他跳下战车，仔细观察着泥地上齐军的脚印和车辙，又站在车栏上远眺一番，随后说："可以追击了！"战役结束，鲁国大获全胜。

班师回朝的路上，鲁庄公向曹刿询问得胜的原因。

曹刿回答："打仗依靠士兵的勇气，齐军擂一鼓的时候。士气正旺，第二鼓有所低落，第三鼓则精疲力竭，而我军严阵以待，士气却逐渐高涨，所以能够战胜齐军。同时，齐国是大国，其将领狡诈多端，我们要防备他们佯装败走，埋下伏兵，因此我要观察一番，发现齐军车辙狼藉，这是真正败逃的迹象，所以才下令追击，一举击溃。"

在竞争激烈的现实社会中，我们首先要认识到自身的优势，同时也要看清对手的弱点，然后再采取致命一击。

所求何奢

齐威王八年，楚国大举进犯齐国。齐王派淳于髡去赵国请救兵，携带黄金 100 两，车马 10 辆作为出兵的交换条件。

淳于髡接到大王的口谕之后仰天大笑，齐王莫名其妙，问道："你嫌东西少了吗？"

淳于髡忍住笑回答："哪敢嫌少！"

齐王追问："那你笑是什么意思？"

淳于髡回答道："臣想起今早遇到一个人的可笑行为，故觉得好笑，但绝无嘲笑王上之意。"

齐王问道："今早有什么可笑的事发生，给寡人讲讲。"

淳于髡回答："臣今天早上在上朝的路上，经过田野，看见有一个农夫跪在路旁祭田，他举着一只小猪脚爪，端着一盅水酒，嘴里振振有词地祝愿说：'土地爷啊，求你保佑，让我五谷满仓，猪牛满圈，金银满箱，儿孙满堂！'我见他手里拿的这么少，嘴里要求却那么多，所以越想越好笑。"

齐威王听了很惭愧，便增加了黄金 1 000 镒，白玉 10 对，车马百辆。让淳于髡带着这些东西到赵国求救。

赵王看到这些东西后，立即拨给齐国精兵 10 万，战车千辆星夜赶来齐国解围。楚国得到消息，连忙撤兵回国去了。

奉献的少，就不能幻想获取巨大的收益。只有多付出，才能获取高的回报。

两虎相争

战国时期，陈轸来到秦国，正赶上秦惠王为一件事发愁。当时韩、魏两国互相攻打，打了一年也没分出胜负，而且战争也没有停止。

秦国是当时的一个大国，秦惠王想凭借自己的实力来阻止这场战争，一是彰显一下自己的实力，二是以阻止战争为借口，乘虚消灭两国。于是他就问左右的大臣，大臣们都各执一词，有的认为阻止这场战争好，有的认为不该阻止这场战争，惠王见众官的说法不一样，一时间不能决定，所以就想听听陈轸的想法。

陈轸听秦惠王诉说完自己的烦恼以后，先不谈这场战争，而是给秦惠王讲了一则《两虎相争》的寓言故事：

从前，有个人叫卞庄子，以开旅馆为业，因此人们也叫他馆庄子，他还雇了一个小伙计。卞庄子为人喜好勇武，而且自己也很厉害，只身敢同老虎搏斗。

有一天，一个牧童跑来，对卞庄子说："不好了！两只老虎正在争吃我的牛呢！你快帮帮忙把老虎赶跑吧！"

卞庄子听到后，浑身热血沸腾，马上就提着宝剑随着牧童跑到山上。到了山上，只见一大一小两只老虎正咬住一头牛，牛拼命地挣扎着。卞庄子二话不说，拔出宝剑就要去刺杀老虎。

这时，跑来的旅馆小伙计一把拉住卞庄子说："两只老虎正争着要吃牛，吃到了甜头，必然争抢起来，争抢起来必然互相搏斗。所谓'两虎相争，必有一死。'死的那一只肯定是小老虎。等小老虎死了以后，大老虎肯定也要受伤。到时候你刺杀那只受伤的老虎，轻而易举就可猎取。这样一来，你只要刺杀一只老虎，就可以获得刺杀两只老虎的美名。"

卞庄子认为小伙计说得有道理，于是他们就站在那里等着。

过了一会儿，两只老虎果然因为怎样分得食物的问题互相搏斗起来，大老虎被小老虎咬伤了，小老虎被大老虎咬死了。这时卞庄子拿起宝剑刺死了受伤的大老虎，果然一举两得，获得了刺杀双虎的美名。

陈轸讲完了故事，对秦惠王说道："现在韩魏两国相攻，一年也没停止，这必然使大国受伤，小国灭亡。大王讨伐受伤的大国，这不是一举消灭了两个国家吗？这同卞庄子刺虎是同样的道理。"

想成功，就得善于利用对方的内部矛盾，先坐观成败，然后就可一举两得，事半功倍。

望梅止渴

东汉末年，那时候天下大乱。为了统一天下。平定不服从统治的诸侯，丞相曹操长年领兵讨伐诸侯。

这年，曹操准备讨伐张绣，可是又怕袁绍趁他出外讨伐，乘虚攻打许都。想攻打袁绍，又有张绣、刘表牵制，所以左思右想，举棋不定。这时谋士郭嘉献计："主公不如命徐州刘备为左将军，吕布为车骑将军，然后下旨让二人北拒袁绍，主公再率兵南伐张绣、刘表。"曹操说："好计好计，就按奉孝说的办。"

于是，曹操统兵 15 万讨伐张绣。时值盛夏三伏天，骄阳如火，天干气燥，行军路上都是荒山野岭，远离水源，找不到一滴水。兵士们个个都渴得有气无力，垂头丧气，队伍渐渐七零八落，行军速度越来越慢。

曹操骑在马上，看到这幅情景，心中忧虑，皱着眉头，忽然心生一计。只听他拿令旗指着前方说："将士们，坚持一会儿，再往前而走一段路，就有一大片梅子林，绿茵茵的树上结满了青梅，又甜又酸，吃到嘴里可以解渴。快点走啊！"

兵士们一听，腮帮都酸了，嘴里立刻涌出了唾沫，顿时个个精神抖擞，走得飞快，及时到达了战场，赢得了宝贵的作战时间。

人有时能靠"望梅"来"止渴"。正如空想暂时可以安慰人心，即使是短暂的安慰，有时能激起人们巨大的潜力。

纸上谈兵

战国时，赵国有两位非常有名的将军，一个就是老将廉颇，另一个就是大将赵奢。赵奢有一个儿子名叫赵括。

赵括从小熟读兵法，谈起用兵之策滔滔不绝，有时候和他父亲讨论兵法、阵法，就连赵奢也对答不上，因此赵括十分自大，认为天下没有人可以与他匹敌。

但是赵奢十分了解自己的儿子，从来没有认为儿子是一个大将之才，也从来没有赞扬过儿子一句，并且常常担心地说："将来国家不叫赵括带兵就罢了，如果叫他带兵打仗，那么葬送赵国的一定是他。"

公元前 262 年，秦军大举进攻赵国，两军在长平对垒，战云密布。当时赵奢已死，蔺相如重病，赵国只好派老将廉颇坐镇。

初战几次，赵军稍有失利。但是廉颇毕竟在沙场上拼搏多年，经验老到，他看到首战失利，于是就改变了战略，坚壁不出。

于是与秦军的战争拖了三年，秦军的粮草供应日见困难，却仍然拿不下赵国一寸土地，秦国军士们心里都非常焦急，并且由于长时间地背井离乡，都归心似箭。将领们害怕再这样下去，军心涣散，锐气将尽，那时候，恐怕要攻下赵国就只能是做梦了，这三年的时间和心血算是白白浪费了，于是主将就召集众将和谋士商议。

一谋士对秦军主将说道："我听说，大将赵奢有个儿子叫赵括，此人自幼熟读兵法，只可惜从未历经战场，只懂得纸上谈兵，没什么才能。如果我们派人到赵国境内散播谣言，使赵国撤掉大将廉颇，换成赵括，那我们就胜券在握了。"

于是，秦军主将便派遣间谍潜入赵国散布流言说："秦军谁都不怕，就怕赵奢之子赵括担任大将。"

谣言传入宫廷，赵孝成王正为战事毫无进展而愁眉不展，便准备起用赵括。蔺相如在病中听说，连忙劝谏赵王切勿委赵括以重任，甚至赵括母亲也上书赵王，告诉他赵括只会空谈，难胜重任。但赵王固执不听，果然撤回廉颇，任命赵括做了大将。

赵括一到前线，立刻改变了战略，撤换了不少将官，一时间弄得军心惶惶，人心涣散。秦将白起探明这些情况，深夜派出一支奇兵偷袭赵营，随后佯装败走，趁机切断了赵军的粮道。赵括不知秦兵败退有诈，挥师追赶，只听一声锣鼓，斜刺里杀出一些秦军，把赵军拦腰切成两半。就这样，赵军被围困40多天，树皮草根都吃光了，军心大乱。

赵括眼看熬下去也是活活饿死，便率军突围。但见旌旗蔽野，秦军从四面杀过来，赵括被乱箭射死，40万兵将全军覆没。接着，秦军包围了赵国首都邯郸。后因魏国信陵君率军相救，赵国才没有亡国。

只熟悉理论知识却不加以实践，是不能成功的，甚至会带来严重的后果。

宋之富贾

宋国有个人叫做监止子，他是一个非常有经济头脑的商人。

有一次，有人在大街上拍卖一块价值百金的玉石，他看到那块玉石晶莹剔透，以他多年经商的经验，他觉得那绝对是一块上等的玉。

于是他也参加到了竞拍的队伍行列中，可是竞拍的队伍中的每个人都和他一样识货，而且和他一样有钱，这样他得到这块玉石的几率就很小，大脑转得很快的他终于想到了一个好办法。他拿起玉石观看，假装不慎失手，将玉石掉在地上摔坏了，照价赔偿了100两金子。

别的商人一看好玉给摔碎了，大家都为之可惜，都没人要那块碎玉了，这正合监止子的心意，他赔偿了100两金子以后，就拿走了那块碎成两半的玉石。

事后，监止子将摔坏的玉石捡起来，修理那毁坏了的部分，琢磨出一块光彩奕奕的宝玉，赚得了千镒，是他当时赔偿玉价的 10 倍。

有时候要想胜，须先败，败非真败，是以败取胜，但要在胜败之间做到进退自如，最后稳操胜券，须有败中见胜的眼光、以败求胜的权谋和败中取胜的本领。

子夏胜肥

春秋时期，子夏和曾子都是孔夫子的学生。

有一天，两个人在街上碰见。曾子上下打量着子夏，吃惊地问道："老兄一向瘦骨伶仃，怎么近来肥胖多了？"

子夏得意地说："我战胜了，所以发胖了。"

"这是什么意思？"曾子疑惑不解地问。

"过去，我在书房里读到尧舜禹汤的道德仁义，十分羡慕。可是当我走到街上看见世俗的富贵荣禄，心中也十分羡慕。两种心思在我的胸中斗个不停，未知胜负，所以我痛苦不堪。不思茶饭，人也瘦了。"

曾子好奇地追问道："那现在谁战胜了呢？"

"现在仁义战胜了，所以你看，"子夏摸着自己的双下巴，"我就发福了。"

在一个人的意志中，最难的是克制自己、战胜自己的各种私心杂念。人贵有自我修养，一个人能做到这点，才算是真正的强者。

张良捡鞋

汉代名臣张良年轻时，一次在过石桥时见一位老人把自己的草鞋丢进了湍急的河水之中，老人叫张良去捡，张良出于对老人的尊敬捡回了草鞋，可谁料，当他刚把鞋递与老人时，老人却又顺手将鞋丢进了河里，并再次让张良去捡，于是，张良不厌其烦地捡草鞋。

这样，一连三次，最后张良终于将草鞋恭恭敬敬套在了老人脚上。老人会心一笑，通过这件小事，老人看出了张良的道德操行，遂将闻名于世的《太公兵法》传授给他。

此后，张良辅佐刘邦，为他出谋划策，最终一统天下。

成功者能够包容一切，往往有足够的耐心与毅力去做好每一件小事，从而发展他的事业，最终走向成功。

秀才与铁匠

清代初期，有一年正值赶考时节，一位秀才欲赴省城大考，偏偏在这个时候，大肚子的妻子随时可能临盆。秀才心想：留她一人在家，万一要临盆，没人照应，到时候可能要一尸两命，再者也影响自己考试的心情。于是他便带着妻子同行，希望能赶到省城之后才生产。

一路旅途劳顿，也不知是动了胎气，还是孩子急着想早一刻出来，妻子竟在半途肚子痛了起来，眼看就要生产了。

沿途住家稀少，勉强前行了一段路，才找到一处人家，秀才急忙上前敲门。这户人家以打铁为生，刚巧铁匠的老婆也正要生产。算来也是秀才的运气好，现成的接生婆正好顺道帮妻子接生。

过不多时，秀才的妻子和铁匠的老婆安然产下了两个儿子，母子俱皆平安。两个男婴算来竟是同年同日且同一时辰生下的。

一转眼，16年过去了，秀才和铁匠的儿子都长大了，秀才的儿子继承了父业，考上了秀才。老秀才大喜之余，想起铁匠的儿子与自己的秀才儿子的生辰八字相同，想来此时必定也是个秀才了。

回想当年收容妻子临盆之恩，秀才便准备了礼物，专程赶往铁匠家中，欲向他道贺儿子高中之喜。

等到了铁匠家中，只见老铁匠坐在门口吸着旱烟，屋内一个年轻后生，精赤着上身正忙着打铁。秀才将礼物呈上，并问老铁匠的儿子哪里去了。老铁匠指了指门内，说道："喏，不就在那儿，哪里也没去啊！"

秀才诧异道："是他，这可奇怪了。按说你儿子和我儿子生辰时刻相同，八字也一样，理应此时也该是个秀才才是，怎么会……"

铁匠大笑："什么秀才，这小子从小跟着我打铁，大字也不识一个，拿什么去考秀才啊！"

环境决定人的命运，要想改变自己的命运，只有先改变生存的环境。你若无法改变环境，那么就被环境改变。

乐不思蜀

三国时期，魏、蜀、吴三个国家各据一方，征战不休，争夺霸主的统治地位。其中，刘备管辖割据的地方称为蜀。

刘备依靠诸葛亮、关羽、张飞等一批能干的文臣武将打下了江山，他死后将王位传给了儿子刘禅。临终前，刘备嘱咐诸葛亮辅佐刘禅治理蜀国。刘禅是一位非常无能的君主，什么也不懂，什么也不做，整天就知道吃喝玩乐，将政事都交给诸葛亮去处理。诸葛亮在世的时候，呕心沥血地使蜀国维持着与魏、吴鼎立的地位；诸葛亮去世后，由姜维辅佐刘禅，蜀国的国力迅速走起了下坡路。

一次，魏国大军侵入蜀国，一路势如破竹。姜维抵挡不住，最终失败。刘禅惊慌不已，一点继续战斗的信心和勇气都没有，为了保命，他赤着上身，反绑双臂，叫人捧着玉玺，出宫投降，做了魏国的俘虏。同时跟他一块儿做了俘虏的，还有一大批蜀国的臣子。

投降以后，魏王把刘禅他们接到魏国的京都去居住。还是使他和以前一样养尊处优，为了笼络人心，还封他为安乐公。

司马昭虽然知道刘禅无能，但对他还是有点怀疑，怕他表面上装成很顺从，暗地里存着东山再起的野心，有意要试一试他。有一次，他请刘禅来喝酒，席间，叫人为刘禅表演蜀地乐舞。跟随刘禅的蜀国人看了都触景生情，难过得直掉眼泪。司马昭看看刘禅，见他正咧着嘴看得高兴，就故意问他："你想不想故乡呢？"刘禅随口说："这里很快乐，我并不想念蜀国。"

散席后，刘禅的近臣教他说："下次司马昭再这样问，主公应该痛哭流涕地说：'蜀地是我的家乡，我没有一天不想念那里。'这样也许会感动司马昭，让他放我们回去呀！"果然不久，司马昭又问到这个问题，刘禅就装着悲痛的样子，照这话说了一遍，但又挤不出眼泪来，只好闭着眼睛。司马昭忍住笑问他："这话是人家教你的吧？"刘禅睁开眼睛，吃惊地说："是呀，正是人家教我的，你是怎么知道的？"

司马昭明白刘禅确实是个胸无大志的人，就不再防备他了。

刘禅身为一国之主，居然乐不思蜀，甚至连装着想念故乡都装不出来。贪图享乐而志向沦丧竟到了这种地步，实在可气可叹。我们在任何情况下，都不应该放弃自己的理想，而要严格要求自己，志存高远，不懈地奋斗。

巨鹿决战

秦朝末年，天下纷乱，军阀为了不同的利益相互混战，其中，项羽的破釜沉舟巨鹿大战至今让人们引以传诵。

当时，赵王歇被秦军围困在巨鹿（今河北平乡西南），请求楚怀王救援。而秦军强大，几乎没人敢前去迎战。项羽为报秦军杀父之仇主动请缨，楚怀王封项羽为上将军。

项羽先派部将英布、蒲将军率领两万人做先锋，渡过湾水，切断秦军运粮通道。然后，项羽率领主力渡河。渡过了河，项羽命令将士，每人带三天的干粮，把军队里做饭的锅碗全砸了，把渡河的船只全部凿沉，连营帐都烧了，并对将士们说："咱们这次打仗，有进无退，三天之内，一定要把秦兵打退。"

项羽破釜沉舟的决心和勇气，对将士起了很大的鼓舞作用。楚军把秦军包围起来，个个士气振奋，越打越勇。一个人抵得上十个秦兵，十个就可以抵上一百。经过九次激烈战斗，活捉了秦军首领王离，其他的秦军将士有被杀的，也有逃走的，围困巨鹿的秦军就这样被瓦解了。

置之死地而后生，如果凡事怕危险而畏首畏尾，则永无出人头地之日。唯有将自身的安全置之度外，勇于面对现实，方能开创出一片新的天地。

心平气和的刘铭传

清廷派驻台湾的总督刘铭传，是建设台湾的大功臣，台湾的第一条铁路便是他督促修建的。刘铭传的被任用，有一则发人深省的小故事。

当初，李鸿章将刘铭传推荐给曾国藩时，还一起推荐了另外两个书生。曾国藩为了测验他们三人中谁的品格最好，便故意约他们在某个时间到曾府去面谈。

可是到了约定的时刻，曾国藩却故意不出面，让他们在客厅中等候，暗中却仔细观察他们的态度。只见其他两位都显得很不耐烦似的，不停地抱怨，只有刘铭传一个人安安静静、心平气和地欣赏墙上的字画。

后来曾国藩考问他们客厅中的字画，只有刘铭传一人答得出来。结果不言而喻，当然是刘铭传被任命为台湾总督。

没有耐性的人，必定缺乏坚毅持久、克服万难的精神，自然成就不了什么伟大的事业。如果希望将来能有所作为，首先必须磨炼自己的耐心和毅力。

两个书法家

在清代乾隆年间，有两个书法家，一个极认真地模仿古人，讲究每一笔每一划都要酷似某某，如某一横要像苏东坡的，某一捺要像李白的。自然，一旦练到了这一步，他便颇为得意。

另一个则正好相反，不仅苦苦地练，还要求每一笔每一画都不同于古人，讲究自然，直到练到了这一步，才觉得心里踏实。

有一天，第一个书法家嘲讽第二个书法家，说："请问仁兄，您的字哪一笔是古人的呢？"

后一个并不生气，而是笑眯眯地反同了一句："也请问仁兄，您的字究竟哪一笔是您自己的呢？"

第一个听了，顿时张口结舌。

人要从没路的地方走出一条路来，不要泯灭了自己的个性，一味地模仿别人。那样只会迷失自我，最终连自己的命运都把握不了。

施氏与孟氏

战国时，鲁国有一个姓施的老人，他有两个儿子，大儿子喜欢研习儒学，小儿子则爱好兵法。

学成后，大儿子凭着自己的渊博知识和一套以德治国学说，去游说鲁王，得到鲁王的重用，做了太傅。小儿子来到楚国，向楚王纵谈用兵之道，楚王对他的见解大加赞赏，委任他为三军司令。两个儿子身居显位，父亲也跟着沾光，尽享荣华富贵。

施老的邻居孟老，也有两个儿子，恰恰与施家二子所学相同。孟家父子羡慕施家富贵，于是上门请教，施家把事情原委以实相告。

孟家父子一听，事情原来是这样简单，深为以前浪费时间而深感后悔。施家儿子能做到的，孟家绝不会更差！父子三人心里很是兴奋。

孟老的大儿子前往秦国，大谈以礼治国的好处。秦王却一句也听不进去，哭笑不得地骂说："当今诸侯混战，强存弱亡，什么能比富国强兵更要紧？照你的说法，用仁义治国，这不是叫我坐以待毙吗？"说完便传令卫士将孟家老大哄了出去。

孟老的小儿子来到卫国，劝说卫候操练兵马跟各路诸侯抗衡。卫侯不高兴地说："我的国家比较弱小，在大国征战的形势下得以保全。服从大国，爱护更小的国家，是唯一可行的策略，也是卫国平安无事的根基。如果修兵习武，大国以为我要挑战它，小国以为我要吞并它，四面树敌之后，我还能安稳地坐在这里么？如果就这样放你走，会让其他国家以为我被你说动了心，而且你还会去游说别的国家这样做，我就要倒霉了。"

说完，卫侯下令砍掉了孟家小儿子的一只脚，派人把他抬回家。

孟家两个儿子回到家，父子相见，抱头痛哭。想起施家出的主意，便顿足捶胸，谴责施老父子欺骗了他们。

施老对邻居的遭遇也很同情，连连安慰，劝住了他们的哭声，同情地说：

"我们邻居多年，哪里能做这种伤天害理的事呢？请听我说一说这祸福为何不同。一般说，一个人选择的好，做什么都顺当，选择的不对就什么也做不成。你们的方法和我家相同，为何结果又和我不一样呢？"

孟家父子迷惑地摇头。施老接着说："这是因为我们两家所选的地方不同的缘故，绝不是行动上有什么差错。天下之事没有固定的规矩，也永远没有不变的是非，从前需要的，也许今天弃而不用；今天弃掉的也许以后仍然需要。这种用或是不用，是没有对与错的分别的。顺应时势寻找良机，是不可缺少的智慧。如果不明白这一点，即便你们像孔子一样渊博多才，像姜子牙一样足智多谋，又怎能不四处碰壁呢？"

孟氏父子恍然大悟，脸上的怒气一扫而光，诚恳地说："我们全都明白了!"

施、孟两家的不同遭遇，既是一个时代的产物，更是个人选择的结果。人们在选择自己的立足之地时，必须从实际出发，进行调查研究，因地制宜，切不可轻信别人，或凭主观想象，莽撞从事。

晋文公称霸

春秋时期，晋文公即位后。马上致力于操练民众。第二年，文公想利用他们征战。子犯说："晋国战乱多年，人民还不知道什么是义，还没有安居乐业。"

于是，晋文公加强外交活动，护送周襄王回国复位，回国后又积极为人民谋利益，人民开始逐渐关心生产，安于生计。

不久，文公又想用兵，子犯又说："民众还不知道什么是信，而且还没有向他们宣传信的作用。"于是晋文公又征伐了原（小国名），约定三天内攻不下来撤兵。三日后晋文公真的信守诺言，退兵三十里，向国内外证明他的诚实和信用。

在这一系列行动的影响下，晋国的商人做生意不求暴利，明码标价，童叟无欺，全国形成了普遍讲信誉的好风气。

于是晋文公说："现在总可以了吧？"子犯说："人民还不知贵贱尊卑之礼，没有恭敬之心。"

于是文公用大规模的阅兵来表示礼仪之威严。设置执法官来管理官员。这样来，人民开始习惯于服从命令，不再有疑虑，这时才发动民众征战。城濮一战，迫使楚国微兵谷邑，解了宋国之围，一战而称霸诸侯。

时机的到来，时间极为短促，明智之人，总是无机则造机，有机则乘机，见机则借机，左右逢源，事半功倍。

王含之死

东晋大将军王敦去世后，他的兄长王含一时感到没了依靠，危险一步步逼近，便想去投奔王舒。

王含的儿子王应则一直劝说他父亲去投奔王彬，王含训斥道："大将军生前与王彬有什么交往？你小子以为到他那儿有什么好处？"

王应不服气地答道："这正是孩儿劝父亲投奔他的原因，江川王彬是在强手如林时打出一块天地的，他能不趋炎附势，这就不是一般人的见识所能做到的。现在看到我们衰亡下去，一定会产生慈悲怜悯之心；而荆州的王舒一向明哲保身，他怎么会破格开恩收留我们呢？"

王含不听，径直去投靠王舒，王舒果然将王含父子装入麻袋，沉到江里。而王彬当初听说王应及其父要来，悄悄地准备好了船只在江边等候，但没有等到，后来听说王含父子投奔王舒后惨遭厄运，深深地感到遗憾。

在不同的环境里，情势就会不同，人的表现是不同的，甚至迥然相反。万不可为一对一地的表现而迷惑，应凭着特定环境里的表现，来断定一个人的品质。

三兄弟的选择

子产是春秋时期著名的政治家，他治理郑国三年就取得了很大成效，一举使郑国成为当时的强国。善良的人都佩服他的教化，而邪恶的人都害怕他的惩罚。

子产有两个兄弟，弟弟公孙穆，哥哥公孙朝，弟弟好色。哥哥好酒。

公孙朝的家里酒坛上千，离他家很远就闻到浓烈的酒味。当他沉湎于酒中，完全忘记了社会的兴亡、自身的安危、亲族的有无、金钱的得失……即便是把刀架到脖子上，他都不会感到恐惧。

而公孙穆家里却是另外一番景象：十数间房屋，充盈各色美女。他沉醉于美色，摒弃一切朋友亲族的往来，甚至三个月才出门一次。每每见到周围有女色过人，必想尽千方百计获得了才甘心，否则便食不甘味。

子产拿这两个兄弟非常头疼，不知该怎么办才能让他们改邪归正。他劝说两兄弟道："人之所以跟动物不一样，是因为人有道德和智慧，如果你们两个再这样沉迷于酒色，恐怕危机很快就会到来。"

兄弟两人说道:"你说的这些东西我们早就知道了。生命是很难得到的,而死亡却很容易到来。以脆弱的生命面对冷酷的死亡,却还要追求虚幻的社会名声,难道不是最为愚蠢的事情吗?人生一世,应该尽情追求感观的快乐。唯一应该担心的是喝得太多仍不能尽兴,身体不支而无法继续,哪里会考虑名誉的得失和生命的长短?"

人要从一种长远的眼光来整体筹划自己的人生,并且要根据社会的需求来调整自己的欲望,而不要像子产的两个兄弟那样。

让口水自己干

唐朝的娄师德是世家公子,几代都位列三公。到他自己时,也在朝廷担任重要职务。后来他的弟弟到代州去当太守,上任以前向他辞行。

娄师德说:"娄家世代受朝廷恩惠,我们两兄弟现在都出来做官,一般人会批评我们世家公子飞扬跋扈,你出去做官,千万要认清这一点,多多忍耐,不要为我们娄家丢脸。"

他弟弟说:"这一点我知道,就是有人向我脸上吐口水,我也就自己擦掉算了。"

娄师德摇摇头说:"这样做并不好啊!你把它擦掉,还是违其怨,给人家难堪哪!有人朝你吐口水,你就让它在脸上自己干好了。"

要想成常人之所不能成,必须忍常人之所不能忍,容常人之所不能容。

直钩钓鱼

商朝最后一个皇帝纣王,是历史上有名的昏君。他在位时,只知道自己享乐,根本不管人民的死活。他大肆建造宫殿,向民间搜刮金银珍宝,剥削人民的粮食。他和宠姬妲己日日夜夜在酒池肉林过着穷奢极欲的生活。此外,他还用各种残酷的刑罚来镇压人民。

这时候,商朝西部的部落周却一天天地壮大起来。周的首领周文王非常能干,他生活节俭,禁止喝酒,不准贵族打猎,糟蹋庄稼。他鼓励人民多养牛羊,多种粮食。他还虚心接纳一些有才能的人,因此,一些有才能的人都来投奔他。

有一天,周文王坐着车到渭水北岸去打猎。在渭水边,他看见一个老头儿在河岸上坐着钓鱼,奇怪的是他钓鱼的钩却是直的。而且钩子离水面还有三尺远。文王看了很惊异,于是下了车,和他交谈起来。

谈话中，文王得知这位老头名叫姜尚，是一位很有才能的人，既精通兵法，又能治国安邦。他在这里直钩垂钓已有很长时间了，他不为钓鱼而来，实则为钓人做准备。文王非常高兴，认为他是奇高之士，于是盛情邀请姜尚出山帮助自己。姜尚也不推辞，立刻跟着文王上了车。

这位姜尚就是历史上有名的姜太公，后人又称太公望。他跟随文王后，一面提倡生产，一面训练兵马。周族的势力越来越大。到最后，姜尚终于帮助周灭掉了商朝，建立了周朝。

所谓"机不可失，失不再来。"我们能抓住机会的时间只有短短一瞬，但是必须用很长的时间做准备。只有这样，我们才能不被机会抛弃，实现自己的人生价值和理想！

破罐不顾

东汉末年，有一个叫孟敏的人，一天他到市上买了一只煮饭用的陶罐，在路上一不小心，罐子摔得粉碎。孟敏连看也不看一眼，径自去了。

路人见了觉得很奇怪，走过去问他："你的罐子破了，怎么连看也不看一下呢？"

孟敏回答说："罐子已经破了，看它又有什么用呢？"

人不能总是纠缠在已发生的错误上，发现自己错了，应该马上改正，并仍然保持昂首前进的姿态。

区寄杀盗

区寄是唐朝中叶郴州地区的一个牧童，他既勤劳又勇敢，常常独自一人外出放牛打柴。一天，他在外边放牛时，遇上两个强盗把他绑架了，反背着手将他捆起来，然后用布蒙住他的眼，扛着他离开家乡四十多里地，想到集市上把他卖掉。

一路上，区寄总是啼哭，浑身发抖，表现出非常害怕的样子，强盗见了，认为很好控制，不再把他放在心上。快到集市时，强盗便停了下来，将区寄扔在身旁，打开随身携带的酒葫芦，相对喝酒，喝得酩酊大醉。

之后，其中一个强盗因要去集市谈买卖孩子的生意，就离开了，另一个则躺在地上睡起觉来。坐在一旁的区寄停止了哭泣，看着强盗渐渐睡着了，就使劲地往刀边挪，好不容易挪到了刀边，便把捆绑自己的绳子靠在刀刃上，用力地上下磨动，绳子很快就断了。

接着，区寄拔出刀来，用尽全身力气往强盗身上刺去，强盗哼都没来得及哼一声，就一命呜呼了。

见这个强盗已死，区寄于是拔腿就跑。但这时，那个去集市谈生意的强盗回来了，很快就赶上了区寄，并打算要杀掉他。

区寄赶紧说："与其做两个主人的奴仆，还不如做一个主人的奴仆呢，你的同伙不好好待我，我才如此。你如果真能保全我的性命并好好待我，无论怎么样都可以。"

强盗盘算了很久，觉得他说得有理，于是重新将区寄捆绑得结结实实后，便随即埋葬了那个强盗的尸体，然后便带着区寄前往窝藏强盗的主人那里去。

很快，天就黑了，强盗便在集市上随便找了家旅馆，两人住在一个屋子里。强盗醉意未消，很快便睡着了。

区寄于是自己转过身来，把捆绑的绳子就着炉火烧断了，即便将手烧伤了也不怕，然后拿过刀来杀掉了强盗。接着大声呼喊，整个集市都惊动了。区寄说："我是姓区人家的孩子，不该做奴仆。两个强盗绑架了我，幸好我把他们都杀了，我愿把这件事报告官府。"

很快。这件事情就轰动了乡里，刺史认为他很了不起，便留他做小吏，区寄不愿意。刺史于是送给他衣裳，派官吏护送他回到家乡。

回到家后，区寄乡里干抢劫勾当的强盗，都斜着眼睛不敢正视他，没有哪一个敢经过他的家门，说："这个孩子比秦武阳小两岁，却杀死了两个豪贼，怎么可以靠近他呢？"

人的一生不可能一帆风顺，总会遇到这样或那样的危险，面对突如其来的危险时，我们不要惊惶失措，而是要保持冷静镇定。静觅时机的到来，等到有利时机一出现，便充分发挥主观能动性，使自己从危险中脱身而出。

王翦出征

战国末年，秦国在灭掉了魏国以后，准备进攻楚国。

有一天，秦王在朝堂上问大将李信："这次讨伐楚国，你看需要带领多少人马？"李信回答说："给我二十万人马就够了。"

秦王又转过头来问老将王翦："老将军认为该带多少人马呢？"王翦答道："需要六十万人马。"

秦王心想，这王翦是越老越胆小了。于是，秦王封李信为将军，领兵伐楚。

李信领命，率二十万大军攻到楚国，却遭到楚国大将项燕的拼死抵抗，结果大败而还。秦王大怒，将李信革职查办，然后备了厚礼去请王翦挂帅出征。

王翦自然要求秦王给他六十万人马，秦王满口答应了。

大军出发，秦王亲自送王翦到灞上。这时，王翦对秦王说："请赐给我一些上好的田园、美宅。"

秦王说："将军即将出发，何必担忧贫穷呢？"

王翦说："做大王的将领，有了功劳还是不能封侯，所以趁大王看重臣的时候，臣也及时借此请求田园做子孙的家业罢了！"

王翦到达前方战线之后，又前后派遣五位使者返回请求为他建一座花园。花园里要有最好的鱼池，鱼也要最珍贵的。秦王都笑着照办了。

过了几天，王翦又托人送信给秦王，说他的孩子们现在仍无功名，请大王封他们一个，好为国家效力，再赐点金银珠宝，以备不时之需。秦王认为王翦是个慈父，仍然按照他的要求办了。

有人对王翦屡次索要封赏有点看不惯，就说："将军的请求，也太过分了吧。"

王翦说："不是这样。秦王心中忧惧，并且不信任别人。现在将秦国的军队都交给我，我不多要些田宅做子孙家业以表白自己的心意，只会令秦王怀疑我！"

人生有太多的风险，聪明的人善于觉察到这种风险，并会采取有效的方法加以防范。

快刀斩乱麻

北齐第一个皇帝高洋，小时候虽然很聪明，但外表却很隐晦，大家不了解他，只有父亲高欢觉得他有独特之处，高欢说："这孩子在见识和谋虑上都超过我。"

有一次，高欢想试一下儿子们的观察力、判断力、想象力、十指协调能力等，就给他们每人一团乱丝，让儿子们理清楚了。

其他的儿子手忙脚乱，拿着丝团上看下瞅，不知从哪里下手。

这时，只见高洋抽出腰中宝刀，三两下把丝团砍成几段，还说："对乱的东西就必须斩断。"

高欢听后，连连点头。

有哲人曾经说过："想得好是聪明，计划得好更聪明，做得好是最聪明又最好！"要成功，就要不墨守成规，找准目标，先行动起来。

林类论生死

春秋时期，有一个叫林类的老头，年近百岁，身体健康，膝下无儿无女，他给人的感觉总是整天快快乐乐的。

有一次，孔子去卫国，在路上远远地看见林类在田中拾谷穗，就对弟子们说："那是个不一般的老人，你们可以问他。"

子贡于是上前去问："老人家，你一个人在这里拾谷穗，难道没有什么不快的事情吗？你为什么这么快乐呢！"

老人慢悠悠地说："有什么会让我不快活呢？"

子贡说："有人说，你年轻的时候，好吃懒做，苟且偷生，虚度光阴；长大以后，不学无术，没有什么建树；现在你年老体衰，行将就木了，却也不照顾你的妻子儿女。这难道不值得担忧吗？"

林类听完子贡的话，笑一笑说："这正是我快乐的奥秘：年轻的时候不努力，没有花费心力，使我生命旺盛，体魄强健。长大了与世无争，欲望少，气血没有溢出体外，凡事想得开，心无牵挂。正是由于这个原因，所以我能长寿。难道长寿不让人快乐吗？我虽然没有妻子儿女，将会不久于人世，但我仍然很快乐。"

子贡说："长命百岁让你快乐我还能理解，可你以死亡为快乐，我不能明白。"

林类说："死和生是人生的两件大事情。许多人贪生怕死，因为生时可以享受一切荣华富贵，死后就万事皆空。

"我却认为，对人来说，死和生同样重要，这就好比一去一来。人在这儿死了，却又在那里生出来了，人世间就是这样生生死死轮回不已。死是为了生，生是为了死。我们如果能把生死看透，生时优哉游哉，死亡来临时也坦然自若，那么人生便会减去许多痛苦，并因此增加几分快乐。

"由此可见，那些千方百计延长生命推迟死亡的人不是很糊涂吗？即使我今天死去，难道一定比活着差多少吗？"

像林类这种安之若素，不怨天、不尤人的人，把人生中所遇到的一切事情都看成是顺理成章，自然也就快乐无比。其实快乐的秘密不在外物，而在己心。

张佳胤擒盗

明朝时，张佳胤在滑县当县令。有两个强盗任敬、高章诈称是朝廷使者来见张佳胤。张佳胤心里对两人十分怀疑，但还是把两人请到内堂。

进入房内后，两人拿着匕首威逼张佳胤道："我们听说你的府库里有一万两银子，希望你能借给我们一些。"张佳胤这才明白两人是来抢劫的大盗。

张佳胤面对两人架在自己脖子上的刀，毫无惧色，从容地对他们说："滑县不过是个小县，县里的库藏空虚，哪里有你们刚才所说的那么多金银？"

任敬这时拿出一张纸来，将上面所记的库存的金银数目说了一遍。张佳胤也不争辩，只是请求他们不要都拿走了，以免连累自己，然后反复向两人讲明利害。

这时，两人的口气有些松动了。任敬说："你总该给我们一千两银子吧。"

张佳胤再说道："很好啊！但你们现在口袋里能装下这么多银子吗？再说，你们又用什么方法出去呢？"

于是两人要求张佳胤为他们准备一辆大车，装好银子，然后让张佳胤陪他们一起出去。张佳胤又说："白天这样出去毕竟不大方便，我看还是晚上出去吧。"

两人也认为张佳胤讲得有理。

张佳胤又说："库存的银子容易辨认，对你们不利。城里有很多富户，我从他们那里借银子给你们，这样，你们就没有后顾之忧了。"两人又认为张佳胤说得很对。

于是，张佳胤便传县吏刘相来见，对他说："我遇上一件意外的事，如果被抓走恐怕会死的，现在这两位朝廷的使者很帮忙，能让我免予一死。我很感激他们，因此想拿出一千两银子答谢他们，就请你向城里的富户暂且借一下吧。"

刘相是个很有心计的人，立时便明白了是怎么回事。接着，张佳胤亲手写了十个人的名字，叫他们每人拿一百两银子来。

刘相走后，张佳胤又从家里拿出酒食来招待两位大盗。不久，那十个人陆续来到了门外。

他们对张佳胤说："我们因为贫苦，实在是拿不出那么多银子，现在每人奉上二十两给大人。"

任敬、高章听说银子送到，并且一看来人的打扮的都是有钱的富豪模样，便不再怀疑。张佳胤却怒道："叫你们交一百两银子，为什么只有二十两？"

接着，张佳胤呼唤拿秤来称银子，他拿秤称了好久，发现强盗开始稍微松懈麻痹了。这时，十个人中有一个人向前忽然跳起靠近强盗，刺死了一个，接着又把另一个强盗捆绑起来。在宴席之间前后不过十来分钟，就把两个强盗解决了。

原来，张佳胤叫来的这十个人并不是城里的富户，而是县里捕捉强盗的能手。

人的一生中，有许多事是难以预料的，其中隐伏的危机甚至能危及生命，这时更需要机变，相时而动，否则，你就很难把握自己的命运。

祸福无门

春秋战国时期，鲁国当政的季武子没有嫡子，公弥为长子，但季武子更喜欢悼子，想要立悼子为嫡子，而让公弥从庶子之礼，地位在悼子之下。

季武子让公弥做家司马，也就是家臣。公弥不乐意，心中有怨气，面上有怒色，闵子马看到这种情况，就劝公弥说："你不要这样。祸福无常，都是人们自己招来的。你担心的应是不孝，不要担心失去地位。只要尊重父亲的命令，怎么能保证事情不会发生变化呢？你如果能孝敬父母，就能加倍地富贵。但如果奸邪不孝，祸患就可能比一般百姓还要严重一倍。"

公弥听从了闵子马的劝告，对父母早晚问候，非常恭顺，而且对公务也十分认真。季武子非常满意，让公弥请自己喝酒。受到宴请后，季武子带着很多贵重的饮宴器具到公弥家，酒后把这些贵重的器具都留给了公弥。公弥因此而富有起来，后来又担任了鲁襄公的左宰。

一个人命运的好坏，并不是由他人决定的，而是由自己的行动决定的。要懂得"祸福无常，唯人所召"的道理，才能把命运把握在自己手中。

楚王学箭

楚王从养叔那里学得一手好箭，便立即出去打猎，想试试自己的手艺如何。

他带着手下来到野外，让人把躲在芦苇丛中的野鸭子赶出来。一时间，哗啦啦飞出来好些野鸭子，楚王搭箭欲射，忽然从他的左前方跳出一只山羊。

楚王想，射中一只山羊比射一只野鸭子要划算多了，于是，就把箭头对准了山羊。

可就在他正准备射山羊时，又从右边跳出来一只梅花鹿。楚王又想，梅花鹿多罕见啊，山羊怎能跟它比呢！又把箭头对准了梅花鹿。

谁知楚王正欲放箭射杀梅花鹿时，却看见前方的树林里一只苍鹰振翅飞向空中，楚王又想射苍鹰。等到他要瞄准苍鹰时，苍鹰已经迅速地飞走了。

他只好回头来射梅花鹿，可是梅花鹿也逃走了。他又找山羊，山羊早就不知道跑到哪里去了，连那一群野鸭子都无影无踪了。

最终，楚王拿着弓箭比画了半天，却什么也没有射着。

有了确定的目标，并抓住目标不放，且不受外界的影响，你就一定能达到目的。如若心猿意马，这山看着那山高，最后，你什么也得不到。为自己的人生立下一个目标。并坚定地一直朝着这个目标走下去，你就一定能够成功。

意志与坚持的哲学

坚持到底才能得到成功

张良字子房,是西汉初期著名的谋臣,他帮助刘邦在楚汉之争中赢了项羽,使刘邦最终得到天下,是刘邦集团中最为重要的谋臣。

相传,张良之所以这么厉害是因为他得到了神人的赠书,关于赠书有一段千古流传的故事。

据说,一天,张良到下邳的一座桥上游玩,经过一位身穿布衣的老头前面时,那个老头忽然把自己的鞋扔到桥下,然后对张良说:"小子,快下去把我的鞋捡上来!"听到老头的话以后张良愣住了,心想:"这个老头怎么这么奇怪呢?无缘无故让我替他捡鞋,态度还这么差。"他本想发火,但是看到这个老头白发苍苍,年纪已经很大了,就忍住了怒火,下桥去帮老头把鞋子捡了回来。

没想到这时候老头又得寸进尺地说:"帮我穿上!"张良想:"既然鞋都已经给他捡来了,就帮他把鞋穿上吧。"于是跪下来给老头穿鞋。老头看到张良这么恭敬,非常满意,于是哈哈一笑,对张良说:"你小子很不错啊,5天以后再来这里见我吧。"张良非常奇怪,转而一想,觉得老头可能是隐士,胸中藏有大智慧,可能是在找传人,于是又复而高兴起来,并暗暗庆幸自己今天有耐心。

5天以后,张良一大早就来到了约定的地方,但是没想到老头已经先来了。老头见到张良以后满脸怒气,对张良说:"你迟到了,5天以后再来!"于是张良只好很郁闷地回去了。

又过了5天,张良吸取上次的教训,去得更早了,鸡鸣之前就到了约定好的桥上,但是没想到老头还是早到了。老头比上次更生气了,大骂道:"你怎么又迟到了?回去!过5天再来!"张良更加郁闷,并且还夹杂着一些羞愧,想:"为什么每次老头都比我来得早呢?不行,我下次一定要比他来得早,我得半夜就出发!"

又过了5天,张良果然半夜就出发了,终于赶在老头的前面去了约定的地方。老头来了以后见到张良已经在那里等着了,非常高兴,就笑眯眯地拿出一些竹简,对张良说:"这是《太公兵法》,熟读这部书以后你就可以成为帝王之师了。"说完就乘云而去。

张良先是惊奇地看着老头消失，随后又惊喜地看着老头给他的兵书，才发现这部书就是他梦寐以求的《太公兵法》。传说它为西周时期的姜子牙所著，那个老头就是传说中的"黄石公"。之后，张良认真地学习这部兵书，终于辅佐汉高祖刘邦登上了帝位。

这个传说记载在《史记》中，让张良披上了一层神秘的外衣，

至于故事的真伪已经不可考了，但是这个故事给我们传达了一个信息——要想成功就必须坚持不懈。如果张良没有坚持，在得到兵书前的任何一个阶段放弃了，他都不会得到这部难得的兵书。如果其之后不认真、坚持不懈地学习兵书，得到这本书也是枉然，不可能帮助汉高祖刘邦建立丰功伟业。

我们可以从中明白意志对于一个人来说具有多么重大的意义——只有坚持到底才能胜利！

世上无难事

世界上最有名的推销大师就要退休了，他宣布要举办一个庆祝自己退休的酒会，并且告诉大家他会在他的退休会上说出他这么多年推销成功的秘诀。

大家都想知道世界第一的推销大师有什么样的秘诀，所以那天晚上参加酒会的人很多，把大厅都塞满了。

他先和大家寒暄着，大家都很心急，纷纷问他秘诀是什么，他却一直笑而不答，只是吩咐4个工作人员把一座大铁架抬出来。

于是，4个工作人员把一个大铁架给抬了出来，铁架上有一个无比巨大的铁球。

这个铁球很重，大师先让人上台来推铁球，大家纷纷上前尝试，但是没有一个人可以推动这个很重的铁球。

后来，这个推销大师开始推铁球了，他每隔5秒就推一次铁球，但是铁球依然一动不动，20分钟过去了，铁球依然没有动。

很多人看见推销大师一直做这么简单的事，觉得很无聊，便离场了。

30分钟过去了，铁球还是没有动。这个时候更多的人熬不住了，他们觉得推销大师分明就是一个骗子。于是，更多的人离场了，只有少数的人还在那里继续观看。

然而令人惊奇的是：35分钟过去以后，大铁球开始动了！

而且它越动越快，怎么也停不下来，就算有人用手按住它，想让它停下来，它也停不下来。

推销大师说:"这就是我成功的秘诀——坚持,不断地坚持,只要坚持到底,就会得到成功。"

推销大师的秘诀就是——只要你能坚持到最后,成功就是你的!

世界上的难事就像那个大铁球一样,我们只推一下它是不会动的,只有连续不断地推它,不断地坚持,不断地积累,到了一定的程度之后,它才会动,我们也才能取得成功。

那些不自信的人、觉得自己推不动铁球的人是不会成功的,那些只推了几分钟的人也是得不到成功的,就连那些推了 30 分钟、只差最后 5 分钟的人也是不会成功的。

只有像那个推销大师一样,拥有无比坚强的意志,一直不停地推着铁球,才有可能得到最后的成功。

世上无难事,只怕有心人!

坚持到底就是胜利

苏格拉底是古希腊著名的哲学家、教育家,他教学生有自己独特的方法。

一次,他收了一些新学生,就给这批新学生提了一个要求:高举双手,再用力向后甩,就这样每天都坚持甩手 300 下。然后,苏格拉底亲自做了示范,告诉他们应该怎样甩手,并且让学生也学他的样子做,一直到所有的学生学会为止。

后来,他问学生们,能不能做到他要求的每天甩手 300 下。

学生们都异口同声地回答:"能!"

一个月过后,苏格拉底在一次上课的时候忽然问道:"有谁还在坚持我的作业每天甩手 300 下?"

同学们都愣了一愣,很多同学显然都已经忘记这件事了,只有三分之一的人举起了手。

一年之后,他忽然又问道:"还有谁在坚持我的那个每天甩手 300 下的作业?"

同学们又是一愣,这次举手的同学已经不足十分之一。苏格拉底既没有表扬那些坚持的同学,又没有骂那些不坚持的同学。他只是像前两次一样笑了笑,然后就绝口不提这件事。

3 年的时间一转眼就过去了,马上就到这批同学毕业的时间了。苏格拉底在同学毕业之前又问了一次:"还有谁在坚持做那个每天甩手 300 下的作业?"

这一次,苏格拉底环视四周,发现只有一个人举手了,他就是柏拉图。

苏格拉底知道，柏拉图日后必成大器。果然，柏拉图成为古希腊著名的哲学家。西方有一个学者是这样赞美柏拉图的，他说："西方两千多年来的哲学都是围绕着柏拉图展开的。"

看了柏拉图和苏格拉底的故事，你是否心有所悟呢？苏格拉底是有名的哲学家，教育家，他教育了众多弟子，但是成名的为什么只有柏拉图呢？

看了这个故事之后，我们是否明白了柏拉图最后成功的原因了？正因为他有着过人的毅力，能够坚持到最后，所以才会成功！

我们在生活中也许会遇到像苏格拉底那样的老师，或者有一个很好的可以去学习的机会，但是如果我们不珍惜上天给我们的机会，不能够坚持，只能一事无成。

如果我们能像柏拉图那样坚持到底，就可以得到成功，我们要牢牢地记住——坚持到底就是胜利！

持续了 80 年的热情

芭沙是俄罗斯一个非常出名的舞蹈家，她的舞姿非常优美，让人惊叹。她多次应邀到国外演出，为俄罗斯争得了荣誉，是俄罗斯的骄傲。

在她 80 岁生日的时候，人们为她祝寿，纷纷赞扬她是个天才。

芭沙却笑着说道："我根本不是什么天才，如果说我是天才的话，我们每一个人都是天才，但是有些人只有 5 分钟的热情，而我的热情持续了 80 年，至今，我还在每天练习。这就是我为什么能够成功的原因！"

芭沙是一个很聪明的人，她明白一个道理——一个人只有具有坚强的意志，做什么都坚持，才能得到成功！

芭沙说，她和我们是一样的人，她和我们唯一不同的地方就是她的热情持续了 80 年，而我们的热情只持续了几分钟。

中国有句古话，那就是——只要功夫深，铁杵磨成针。

它告诉我们，只要一个人肯努力，他就能够成功。我们只要有坚强的意志，能够坚持到底，也会成为别人眼中的"天才"。

一分辛苦一分才

巴尔扎克是法国著名作家，非常勤奋，笔耕不辍，写了很多部书。

然而，巴尔扎克的人生并不是一帆风顺的。巴尔扎克 30 岁左右的时候，居住在法国巴黎的贫民区。

虽然生活的条件不好，但是他每天都很勤奋。

早上，他很早就从床上爬起来，然后一直写到晚上，每天的写作时间有十六七个小时，就这样一直坚持了20多年。

而且，他写作的时候非常投入，他的情绪会随着他自己写的故事浮动，有的时候随着故事哈哈大笑，有的时候随着故事悲伤的掉泪，完全投入到自己的世界里，把自己的全部时间和心血都投入到写作中。

巴尔扎克正是凭着这种意志不停歇地工作着，一生中写了90多部小说，合称为《人间喜剧》，它成为全世界人们共同拥有的精神财富。

勤能补拙是良训，一分辛苦一分才。

巴尔扎克能够成功，他的意志占了很大的比重。很多人虽然也有思想，有想法，但是因为太懒或者是太忙等原因，而放弃了自己的工作或者是写作的机会，这样的人永远不会有好的作品问世，永远不会成为名作家。

世界上永远都不会有免费的午餐，只有经历过磨砺的人，才能采摘到成功这颗果实。

我们要像巴尔扎克一样拥有过人的意志，永远都记住——坚持到底就是胜利！

成功的道路上没捷径

时间统计法是苏联的昆虫学家柳比歇夫发明的，这种时间统计法帮助他提高了工作的效率，使他取得了杰出的成就。

时间统计法大概是这样的：柳比歇夫每天给自己做时间统计，这个统计从1916年就开始做了。他每天核算自己花费的时间，一天一小结，每个月一大结，到了年终再做一个总结。他毕生都在坚持这种时间统计法，一直到他1972年去世的时候，他一共坚持了50多年。而且他的毅力惊人，这个统计在那50多年间从未间断过。

柳比歇夫每天都坚持记下做各种事情的起始时间，并且记录得相当的准确，误差一般都不会超过5分钟。他常常和别人说："我计算的是纯粹的时间，也即是我真正花在工作上的时间，我并不把那些休息或者是玩乐或者是发呆的时间也计算进去。"

柳比歇夫把他每一天有效的时间即纯时间算成10小时，用来从事试验、书写、讲课、作学术报告等。

柳比歇夫的时间统计法大大提高了他做事的效率，也大大提高了他的时间利用率。正因为如此，他一生中做了很多的事，发表了70多部著作，而且他的著作内容广泛，涉及遗传学、科学史、昆虫学、植物保护学以及哲学等，是一个受人们敬仰的大学者。他的时间统计法也教育了一代又一代的人，给我们这些人提供了前进的方向。

时间统计法虽然可以提高利用时间的效率，但是如果不坚持每天做统计，也不能起到什么效果。柳比歇夫能够坚持时间统计法 50 多年，这样的精神值得我们为之敬佩，也正是因为他能坚持，所以才有了如此巨大的成就，写出 70 多部著作！

人们在看事情的时候，往往只看到别人辉煌的一面，看到别人有多么风光，却从来不会注意别人以前是如何的辛苦，如何的坚持，才会有那么辉煌、那么有成就的一天。

我们应该学习柳比歇夫的坚持，既然下定决心做一件事，就要坚持，他一直坚持了 50 多年，我们能坚持多久呢？只要我们能像他一样坚持 50 多年，还有什么事情是干不成的呢？

依靠意志力脱困

孙膑是战国时期一位杰出的军事家，在历史上留下了很多的故事。

孙膑和庞涓一起在鬼谷子先生的门下学习兵法。鬼谷子特别喜欢孙膑，就把兵法精髓都教给了他，并把自己留存下来的春秋时期孙武写的一套《孙子兵法》也传给了他。而庞涓则很早就下山了，虽然学到了不少兵法知识，但是他的学问远远不及孙膑。

庞涓下山之后到了自己的祖国魏国，得到了魏王的赏识，成为魏国军事的最高统帅。

几年以后孙膑下山，庞涓觉得孙膑对自己是一个很大的威胁，便决定要除掉孙膑。

为了除掉孙膑，就首先得把孙膑置于自己的势力之下，然后再以情动人。

庞涓写了一封热情洋溢的信给孙膑，想把他骗来魏国。孙膑当时很相信庞涓，于是便到了魏国。

孙膑到了魏国以后，魏王先和孙膑聊了一会儿，觉得孙膑有大才，于是大喜，命人好好地款待孙膑。

后来，魏王私下里问庞涓对于孙膑的看法时，庞涓却对魏王说："孙膑是齐国人，这样过来不知道是不是真心的，也许是来做间谍也说不定，大王还是要小心防范他为妙。"

于是，魏王便对孙膑生疑，不敢重用孙膑，只给了他一个没有什么实际权力的小官。孙膑当时很奇怪，但是以为这是魏王对自己的考验，就欣然接受了。

庞涓却没有因此而停手，他还伪造了孙膑私通齐国的罪证拿给魏王。魏王看了以后大怒，下令把孙膑处斩。而庞涓则假惺惺地帮孙膑求情，于是，魏王下令对孙膑施以膑刑，挖掉了孙膑的膝盖骨。

孙膑被处刑之后心情很差，觉得自己以后都不会有什么作为了，而师兄庞涓对自己这么好，这么照顾自己，于是便决定把师傅传给自己的《孙子兵法》传给师兄。庞涓知道了这个消息以后大喜，便派人照顾孙膑，让他在较好的环境中把《孙子兵法》默写出来。

这个时候照顾孙膑的那个仆人良心上不好受，把庞涓陷害孙膑这件事告诉了孙膑。孙膑忽然发现了自己师兄的真面目，非常伤心，但是现在自己已经成为一个残疾人，而且师兄在魏国非常有势力，自己如果直接和师兄翻脸很可能就会被师兄杀死，于是，他就决定装疯。

他装作忽然狂性大发，把之前写好的《孙子兵法》全都毁掉了，然后把衣服也撕了，并大喊大叫。

庞涓是一个很小心谨慎的人，他不相信孙膑真的疯了，于是便让孙膑住在猪圈里，让他和猪一起抢东西吃。孙膑在猪圈里住了几天之后，庞涓才相信孙膑是真的疯了。

孙膑就靠着自己过人的意志，一直住在猪圈里等待机会。

终于，有一个齐国的使团来到魏国，听说孙膑是一个很有才华的人，就悄悄地和孙膑见了一面，见到孙膑确实有才之后，才把孙膑救到齐国。

孙膑到了齐国以后，很多人因为他残疾或者是初来乍到，处处为难他，但是他每次都以惊人的毅力忍了下来。孙膑为齐国出了很多好主意，终于帮助齐国打败了魏国，也把自己的仇人庞涓杀死了，为自己报了仇。

后来，孙膑把自己的学识会聚成册，写出了著名的《孙膑兵法》，成为我国古代一位杰出的军事家。

孙膑是一个意志力非常强的人，虽然被人陷害，却以自己顽强的意志力脱困，最后杀了仇人报仇雪恨。

孙膑依靠自己的意志力获得了成功，并让自己名留青史，值得我们敬佩。我们也从他身上学到——一个人只有具有坚强的意志才能够获得成功。

两块石头的故事

从前，有两块石头，它们都长在一座山上，彼此离得很近。它们常常在一起聊天，其中一块石头的质量好一点，另一块石头的质量差一点。质量好一点的那块石头看不起那块质量差一点的石头，它常常说一些话讽刺那块质量差一点的石头，但是那块质量差一点的石头从来不和它计较。

有一天，一位著名的雕刻大师要找一块石头雕刻一座佛像，于是到了两块石头待的那座山里。质量好一点的石头理所当然地被雕刻大师挑走了，它走的时候很开心，还蔑视地看着那块质量差一点的石头，觉得自己比另一块石头强多了。

雕刻大师用斧子、锉刀认真地在那块质量好一点的石头身上雕刻着，但是那块石头不能忍受那种痛苦，每当雕刻大师在它的头上雕刻的时候，它就会哀号："痛死我了！大师饶命吧，把我放回去吧！"

雕刻大师对它很失望，把它放了回去，转而拿了那块质量差一点的石头回来雕刻。

那块质量差一点的石头很有毅力，无论雕刻大师用斧子砍，还是用锉刀锉，它都忍受着痛苦，一声不吭。

最后，它终于被雕刻大师雕刻成了一尊佛，放在一个寺庙里受人顶礼膜拜，每天都香火鼎盛。而那块质量好一点的石头却依然保持着原来的模样，继续躺在深山里。

那块质量好一点的石头对这样的结果非常不满意，对那块质量差一点的石头说："我不服，上天对我太不公平了！我的质量这么好，但是为什么你的结果却比我好，每天都在寺庙里受人朝拜，我却只能在深山里受人践踏，为什么？为什么？我想不通！"

那块质量差一点的石头就对它说："你之所以不能成佛，就是因为你缺乏意志力，不能忍受痛苦。当时，明明是你更有机会成佛，是你因为怕痛而放弃了机会。既然你当初不能坚持到底，现在为什么要怪别人对你不公呢？世上的事都是这样的啊，只有你付出以后才会有回报啊！"

这个故事告诉我们一个深刻的道理：如果你没有意志力，不能坚持到底，不论你的天资有多么好都是不可能成功的。成功只青睐那些肯努力的人和能忍受住苦难的人。

如果我们缺乏意志力，就好像那块质量好一点的石头一样，即使质量比别人要好一点，最终也不能成大器。反之，就算我们天生的资质不是很好，就好像那块质量差一点儿的石头一样，只要我们忍受住那些苦难，有无比坚强的意志力，我们就可以成材。

在生活中，那些能够成功的人往往不是最聪明的，但是他们无疑都是最有意志力的。因为他们可以坚持，几年如一日地不断坚持，他们才能获得成功。而那些聪明的人，如果不努力，也只能一事无成。

性格决定命运，只有有坚强的意志力，才能坚持到底，才能获得让人惊叹的成就！

最后一座房子

从前有一个老木匠，他的技术非常好，帮助他所在的建筑公司盖了很多很多的好房子，为公司的成功和发展壮大立下了汗马功劳。

一天，老木匠觉得累了，想退休下来好好休息，于是，他向公司提出了退休申请。老板很舍不得他，百般挽留，但是无奈他的去意已决，于是，老板放弃了挽留他的想法，对他说："你能帮我们盖最后一座房子吗？"老木匠答应了老板的要求，但是他的心思已经不在工作上了。他每天想的不是要怎样把工作做好，而是怎样快点把工作做完。

于是，为了追求速度，他干活十分粗糙，用的料也不是好料。房屋盖完时，不仅没有美感可言，有的地方还十分难看，一看起来就知道是匆匆完工的房子。

在快速地干好了最后一份工作，盖好了最后一间房子以后，老木匠找到老板再次提到他退休的事。

老板很感激他对公司作出的贡献，把他夸奖了一番，然后说："为了感谢你这几十年来对公司的杰出贡献，公司决定给你一个奖励——一座房子，你刚刚盖好的那栋房子就是你的奖品。"说完以后，老板就把他刚才交上来的钥匙又还给了他。老木匠惊讶极了，目瞪口呆，然后很后悔地想："我要是像以前那样好好盖这最后一座房子就好了。"然而，世界上是没有后悔药可以吃的，老木匠自己种的苦果只能自己吃下去。

生活中，很多人都像那个老木匠一样，因为快要结束一件事了，因为已经胜利在望了，因为100里已经走了90里了，所以就松懈了，就放弃了，就骄傲了等等。总之，他们就倒在离成功只有一步之遥的地方，品尝着自己酿制的苦果，而且还可能会后悔一辈子。

我们不能像那个老木匠一样，我们要有无比坚强的意志，要坚持到最后，因为只有这样，才能得到成功。

而且，在生活中，永远不要想着马马虎虎地应付。如果你得过且过，消极应付，最后可能要自己面对那些粗制滥造的制品，就好像故事里的老木匠一样。

在生活中，我们干事情要精益求精，要坚持到最后，要有过人的意志力，只有具备了上述三个品质，我们才能够得到成功！

生活与爱心的哲学

对自由生活的追求

小卡尔是一个非常可爱的小孩，他也拥有一些小孩共有的天性——非常调皮，喜欢把小动物抓起来关在笼子里。

卡尔的家在一个林子旁边，他经常进林子里抓小动物，并且抓到了很多小鸟、小松鼠之类的小动物。他在林子里玩了很多年，对林子很熟悉了，他把很多小动物都养在家里玩。

有一天，林子里来了一群很美丽的美洲画眉鸟。它们的歌声美妙绝伦，卡尔完全被它们的歌声迷住了。他非常想天天听到这么美妙的歌声，于是他起了一个念头——抓一只小鸟来养，这样就可以每天都听到美妙的歌声了。

小卡尔无疑是一个行动派，他说干就干，马上去抓小鸟。但是，美洲画眉鸟非常聪明，他用一些平常的方法没有抓住它们。小卡尔没有沮丧，他继续开动脑筋，想了很巧妙的方法，用一个大网兜捕住了一只小画眉鸟。

卡尔很兴奋，把小画眉鸟装在一个非常精致的笼子里。小画眉鸟先是在笼子里拼命地到处乱撞，把翅膀拍得很响，很快，它的翅膀就受伤了，它也停止住了这种自伤的行为。卡尔以为小画眉已经适应了自己的新家，非常高兴，就兴冲冲地拿了一些小鸟喜欢的东西和水给小画眉吃喝。

但是小画眉看也不看那些东西一眼，卡尔十分沮丧。于是他换了更好的食物来，一连换了几次，小画眉还是不吃不喝。到了第二天，小画眉还是这样，卡尔很着急，但是一点儿办法也没有。

第三天，卡尔家飞来一只画眉鸟，是那只小画眉的妈妈。它衔来一些食物，喂给小画眉，小画眉很开心地吃了下去。卡尔看到这样的情景也很开心，心里终于不再担心小画眉饿死了。

卡尔兴高采烈地到林子里玩，玩得非常尽兴，直到傍晚才回家。

卡尔回到家里却惊奇地发现——小画眉已经死在笼子里了。

卡尔哭了，哭得十分伤心。他的爸爸看到以后对他说："当一只美洲画眉被关进笼子里以后，它的妈妈一定会给它喂下足以致死的毒莓。它们都认为'不自由，毋宁死'，他们认为孩子死了比作俘虏要好一些。"

卡尔听了以后深受教育，放了以前抓到的所有的小动物。

人类和万物一样，是地球的居住者，但是并不是主宰者，一切生物都和我们一样有自由生活的权利。它们也可以追求自由的生活，这种追求无疑是值得我们去尊重的。

我们作为人类，不能那么自私，不能为了自己一己之私而剥夺其他生物的生命和自由，我们应该学会有爱心，学会善待地球上的每一种生物。

我们要记住，当地球上其他生物都灭绝以后，人类也会灭绝。

太阳和风的比试

世上的人们都喜欢太阳，讨厌狂风，所以狂风就对太阳很不满。它不满意大家都这么喜欢太阳，觉得自己比太阳更有力量，就提出了和太阳比试一场的想法。

太阳虽然不想和风起冲突，但是既然风执意要和自己比试，所以也只好无奈地接受了。

它们约好：谁能够更快地让路上一个骑着马的人尽快地脱掉衣服，谁就获胜。

首先出场的是狂风。它为了让那个人尽快脱掉衣服，用尽了全身的力气，把树叶都卷了起来，呼啸着从那个人身边过去。但是，让它很意外的是：那个人不仅没有脱衣服，反而把衣服裹得更加严实了。

狂风愤怒了，刮得更加猛烈。骑马的人很生气地说了句："这该死的天气！"然后把大衣裹得更紧了，并且从马上下来，拉着马艰难地前行。

10分钟过去了，他的衣服还是没有被刮走，狂风泄气地停止了它的侵袭。

接着上场的是太阳，它一上场就把光带给了骑马的人，骑马的人见到太阳之后很开心，说道："太阳终于出来了。"于是，他就松开了已经裹得很紧的大衣。

慢慢地，越来越暖了，骑马的人脱掉了他的大衣。

狂风非常气愤，说："为什么我会输？明明我比你有力量，但是为什么我这么用力他都不把大衣脱掉，你只是轻轻地用了一点力他就把衣服给脱掉了？我不服气！"

太阳说："其实，只要你有一颗爱心，就会变得有力量。"

我们都应该像太阳一样有爱心，给人们带来温暖。

也许有的人有力量、金钱，他们在想得到一样东西的时候，如果不是用一颗爱心去面对，而是强取豪夺，永远都不会得到，比如友情、爱情、幸福。

在生活当中，真心只能用真心去换。所以，爱心对于一个人来说是多么重要啊！

只要你有了爱心，你就会像太阳一样，不仅得到人们的赞美，而且会很容易就达到自己的目标，不用花费很大的力气。

如果你没有爱心，只能像狂风一样遭到别人的诅咒，不仅会花费很大的力气，还不能得到你想要的东西。

太阳和狂风，你想做哪一个？

让我们人人都成为太阳吧，充满爱心，让我们的世界充满阳光！

贵重的礼品

有一次，一个男人到邮局去给他心爱的姑娘寄一份礼物

他问业务员有没有合适的盒子卖，还特意说明了他的礼物是非常脆弱的东西，不经压，一定要买一个坚硬一点儿的盒子。业务员考虑到他的要求以后给他拿了一个木头制成的盒子。

那个男人看了看盒子以后觉得小，问业务员还有没有大一点儿的盒子。

业务员又拿了一个大一点儿的木盒子给他，并且很好奇他要寄的到底是什么珍贵的礼物。

那个人看了新的木盒子以后很满意，拿出了他已经准备了很久的礼物：一个瘪瘪的塑料心。他把塑料心的塞子拔了，充上气，又把塞子塞好，然后很小心地把他的"珍贵"的礼物放进那个大一点儿的木盒子里——刚刚好。

业务员见到礼物以后觉得那个人很笨，就好像是中国古代那个不会把竹竿顺着拿进城里，于是只好把竹竿砍断然后拿进城里的人一样。他想帮帮那个可怜的人，就自作聪明地给那个人出主意："先生，其实你要寄这个塑料心根本不必用这个木盒子，你可以把里面的气放掉，然后放在一个包裹里面，这样就可以省很多钱——那个塑料心是没有多重的，但是那个木头盒子很重。"

业务员的好意并没有得到男人的感谢。男人用惊讶的眼神看着他，然后对他说："难道你认为我说的贵重的礼物是这颗塑料心吗？不，我送给她的是一缕相思的空气！我与我的恋人天各一方，她很想听到我的声音，我们可以打电话，她很想感受到我的气息，那我该怎么办？于是我就想了这么一个办法，用这颗塑料心包裹着我对她思念的空气给她寄回去！这个塑料心和木盒

子都是我这个礼物的包装，我的最珍贵的礼物是没有重量的一缕空气啊！"

业务员听了以后很震撼，也很感动。从什么时候起，他已经被忙碌的生活变得麻木了，没有了浪漫的情怀，心越来越坚硬，没有了爱。

那个男人的珍贵的礼物，不仅让他的恋人感受到他的气息，而且让那个业务员重新找回了自己的爱心。

那个寄送礼物的男人无疑是一个很浪漫的人，一个充满爱心的人。他这么爱他的恋人，也会同样热爱自己的生活！

那个业务员也被他的一颗爱心所感染，思索自己现在的生活是不是太无趣了，是不是太没有爱了，我们是否在看完故事之后也要反思一下。

拥有一颗爱心可以使你的生活充满阳光，充满感动，充满愉悦和满足。

试着像那个寄一缕空气的男人一样去热爱生活吧，你会发现生活是如此的可爱！

盲人夫妻

从前，有一对很幸福的夫妻，他们两个都是盲人，但过得很幸福。他们相互扶持，一起走过了几年的风风雨雨，感情非常深厚。虽然他们的生活是无光的，但是那并不妨碍他们找到生活中的亮点，他们每一天都很开心。

然而在他们婚后的几年，忽然发生了一件事：有一天，丈夫兴冲冲地跑过来对他的妻子说："亲爱的，我今天去看过医生了，医生说我的眼睛还有机会复明，只要我坚持治疗，就会重见光明！"

丈夫很激动，拉着妻子的手絮絮叨叨地说了一夜。妻子刚开始的时候也笑容满面地分享着丈夫的喜悦，为丈夫有复明的希望而开心。但是，她忽然间收敛住了笑容，露出了忧思，想："要是丈夫复明以后不要我了，那怎么办？"

次日，她就去找那位给自己丈夫看病的医生，想证实丈夫说的话。

医生问她："你希望自己的丈夫复明吗？"

盲女想了一想，然后艰难地点了点头，对医生说："希望，虽然想到他复明以后有可能会离开我，但是我还是希望他可以重见光明。"

医生感叹不已，然后对那个盲女说道："恐怕你要失望了，你的丈夫没有机会复明，我这么说只是希望他不要太伤心。但是你要想开一点，起码现在你不用担心他离开你了。"

然后，医生又盯着盲女的眼睛说："我看你的眼睛好像还有一点儿希望，我帮你检查检查好吗？"

于是，医生就给盲女作了一个检查，并告诉那个盲女："你还有复明的希望，我给你开一些药吧，这样你过一段时间就会复明了。"

盲女却谢绝了医生的好意，说："谢谢医生，但是我并不打算治眼睛，我不愿意离开我的丈夫。"

医生劝她道："你即使复明以后也可以不离开你的丈夫啊！如果你复明了，就可以看见美妙的世界了！"

然后，医生不由分说地把他开的药递给盲女，盲女踟蹰地拿着药回家了。

回到家以后，虽然知道丈夫没有了复明的希望，但是为了让丈夫开心，盲女还是每一天都保持着开心的心情和丈夫一起治疗，不住地安慰丈夫，让他安心。

然而，盲女却没有用那个医生开给自己的药，她害怕自己复明以后就会产生离开丈夫的心思。于是，她就这么让自己复明的希望慢慢地流逝了。

他们这对盲人夫妻就这样继续在无光的世界里互相扶持，互相帮助，一起走过了一生。

对于一个盲人来说，能够复明是一件多么让人兴奋的事情啊！海伦·凯勒曾经写过一本书《假如给我三天光明》，可以看出他们对于光明是多么地渴望！

然而为了爱，为了自己的婚姻，为了害怕自己经受不住诱惑而离开自己的丈夫，那位盲女选择了让自己复明的希望就这么慢慢地流逝。

为了爱，她放弃了这难得的机会。

我们看了这个故事以后是否为盲女的爱心所感动？她有一颗多么善良、多么光辉、多么美丽的心啊！

世界是公平的，你怎样对别人，别人就会怎样对你，真心要靠真心来换。如果你是一个自私的人，没有一颗爱心，你就永远也找不到爱。

让我们都拥有爱心吧，抛弃自私和自利，勇敢地去爱别人——世界也会用幸福和快乐来回报我们！

黄手帕

文戈因为一念之差犯了罪，他被关进监狱，判刑5年。

在监狱里，他特别想他的妻子和孩子，他想："等我出狱以后。一定要痛改前非，做一个好丈夫、好爸爸。"然而，令文戈苦恼的是——他的妻子还会原谅他、接受他吗？

他在快要出狱的时候给妻子写了一封信："亲爱的海伦，我就快出狱了，还有 3 个月就能回家和你们团聚了。但是我不知道你还愿不愿意原谅我，还愿不愿意和我这个曾经犯过很大错误的人共度余生。如果你还愿意和我在一起，请在家门口挂上一块黄手帕，这样我就会回去和你们好好地生活，做一个好丈夫、好爸爸，给你和孩子幸福。否则，我会悄悄地离开你们，到另外一个地方去重新开始，再也不去打扰你们。但是，我会为你们祝福，也会支付孩子的抚养费。这一切都取决于你——我亲爱的海伦。"

后来，他坐在回家的车上的时候，心中非常忐忑。一个热心的小伙子问他发生了什么事，他就把自己的故事和那一封信的事告诉了小伙子。

在离家很近的那段路上，文戈很害怕，闭上了眼睛，都没有勇气去看窗外，但是那个小伙子却大喊道："文戈！快看，黄手帕！幸福的黄手帕！"

文戈欣喜地看到通往自己家的那片树林的树上挂满了黄手帕，好多好多的黄手帕啊，全部都是幸福的黄手帕！

文戈飞奔着回家，热情地拥抱了爱他的妻子和孩子，然后和自己爱的家人们开始了新的生活。

在这个世界上，每个人都会犯错，只不过有的人犯的是大错，有的人犯的是小错。

然而，在这个世界上，有些人喜欢用有色眼镜看那些从监狱里出来的人。于是，他们又会自暴自弃，走回那条犯罪的道路。

文戈出来的时候就很担心，担心他的妻子和孩子也会戴着有色眼镜看他，于是，他提出了这么一个要求。然而幸运的是，他的妻子是一个很有爱心的人，她用自己的爱包容了文戈的错误，让文戈有了重新做人的勇气，于是，他们都得到了幸福。

我们在生活中也要像文戈的妻子一样，多一点儿爱心，用爱包容那些犯过错误的人。这样，才会让他们有重新做人的机会，才会让他们有追求幸福的机会，才能让我们生活的这个世界充满幸福和阳光！

火灾之后

安琪和大卫是一对很恩爱的夫妻，他们每天都过得很浪漫、很幸福。那天是他们的结婚 6 周年纪念日，两个人打扮得漂漂亮亮地出门庆祝去了。

然而，他们晚上开车回家的时候，发现了一件很悲惨的事——他们的房子被烧毁了，他们的家没有了！

于是，安琪和大卫飞快地下了车，向那一堆废墟跑过去。

安琪首先寻找的是他们的相册，那本相册里记载了他们婚前快乐的时光和他们婚后 6 年幸福的生活。

大卫首先找的是他们两个人写的信，那都是他们在恋爱过程中和结婚以后写的，它在大卫的心里具有无可取代的位置。

然而，火很大，他们的房子都已经烧毁了，那些相册和信件又怎么能留得住呢？

他们只在废墟中找到了相册和信件的灰烬。

然而，当他们拿着自己捡起来的东西走向对方的时候，他们心中的欢喜却大于悲痛，因为他们都看到了对方金子般的心。他们都发现对方最看重的不是房子、不是珠宝、不是金钱或者其他物质上的东西，而是他们之间的感情，他们之间的精神财富。

他们得到了爱情，他们得到了幸福。

这个故事中的安琪和大卫是不是让我们很感动？他们虽然遇到了火灾这么不幸的事情，但是他们却得到了更多——他们得到了幸福！

我们如果也遇到了火灾或者什么不幸的事情，是否也会像他们这样把精神财富放在第一位，把爱情放在物质条件之上？

只有心中拥有一颗爱人的心，我们才会像他们那样幸福。如果你不付出真心去爱别人，把爱放在很多很多东西的后面，那么，就不会像他们那样得到幸福。

向安琪和大卫学习吧，拥有一颗爱人的心，让我们的世界充满阳光，让我们都能够得到幸福！

爱心的传递

拜伦在美国中西部小镇上谋生，拜伦的生活节奏就像他开的老爷车一样迟缓。自从他所在的工厂倒闭后，他就没有找到过固定工作，但他还是没有放弃希望。拜伦熟悉的朋友大多数已经离开了这个小镇。朋友们有自己的梦想要实现，有自己的家庭要抚养。但是他还是选择留在了故乡。这是他出生的地方，这里有着他的童年和梦想，还有他那已经入了土的父母留给他的"家"，周围的一切都是那么的熟悉。

一个雪天的晚上，拜伦在回家的路上，注意到一位困在路边的老太太。

天很黑，这么偏远的地方，老太太求援是很难的。我来帮她吧，拜伦一边想着，一边把老爷车开到老太太的奔驰轿车前停了下来。尽管拜伦朝老太太报以微笑，可是他看得出老太太非常紧张。她在想：会不会遇上强盗了？这人看上去穷困潦倒，像饿狼一样。

拜伦能读懂这位站在寒风中瑟瑟发抖的老太太的心思。他说："我是来帮你的，老妈妈。你先坐到车子里去，里面暖和一点。别担心，我叫拜伦。"老太太的轮胎爆了，换上备用胎就可以。但这对老太太来说，并不是件容易的事情。拜伦钻到车底下，察看底盘哪个部位可以撑千斤顶把车顶起来。他爬进爬出的时候，不小心将自己的膝盖擦破了。等将轮胎换好，他的衣服脏了，手也酸了。就在他将最后几颗螺丝上好的时候，老太太将车窗摇下，开始和他讲话。她告诉他她是从大城市来的，从这里经过，非常感谢他能停下来帮她的忙。拜伦一边听着，一边将坏轮胎以及修车工具放回老太太的后车厢，然后关上，脸上挂着微笑。老太太问该付他多少钱，还说他要多少钱她都不在乎。

因为她能想象得出如果拜伦没有停下来帮她的话，在这种地方和这个时候，什么事情都可能发生。

帮这老太太忙是要向她要钱？拜伦没有想过。他从来没有把帮助人当做一份工作来做。别人有难应该去帮忙，过去他是这样做的，现在他也不想改变这种做人的准则。他告诉老太太，如果她真的想报答他的话，那么下次她看见别人需要帮助的时候就去帮助别人。他补充说："那时候你要记得把这份情传下去。"

拜伦看着她的车子走远。他的这一天其实并不如意，但是现在他帮助了一个需要帮助的人，他一路开车回家的心情却变得很好。

老太太在车子开出了将近一英里的地方，看到路边有一家小咖啡馆，就停车进去了。她想，还得开一段路才能到家，不如先吃一点东西，暖暖身子。

这是一家很旧的咖啡馆，门外有两台加油机，室内很暗，收银机就像老掉牙的电话机一样没有什么用场。女招待走过来给她送来了菜单，老太太觉得这位招待的笑容让她感到很舒服。她挺着大肚子，看起来最起码有 8 个月的身孕了，可是一天的劳累并没有让她失去待客的热情。老太太心想，是什么让这位怀孕的女人必须工作，而又是什么让她仍如此热情地招待客人呢？她想起了拜伦。

吃完东西，女招待将老太太的 100 美元现钞拿去结账，老太太却悄悄地离开了咖啡馆。当女招待将零钱送还给老太太时，发现位置已经空了，正想着老太太跑到哪里去的时候，她注意到老太太用的餐巾纸上写着字，在餐巾纸下，她发现另外还压着 300 美元现金。

餐巾纸上是这样写着的："这钱是我的礼物。你不欠我什么。我经历过你现在的处境。有人曾经像现在我帮助你一样帮助过我。如果你想报答我，就把这份情传下去吧。"

女招待读着餐巾纸上的话，眼泪夺眶而出。那天晚上，她回到家里，躺在床上翻来覆去地睡不着，她想着那老太太留下的纸条和钱。那老太太怎么知道她和她丈夫正在为钱犯愁呢？下个月孩子就要生了，费用却还完全没有着落，她和丈夫一直都在为此担心。现在这下好了，老太太真是雪中送炭。

看着身边熟睡的丈夫，她知道白天他也在为赚钱而犯愁。她侧过身去给他轻轻的一吻，温柔地说："一切都会好的，拜伦，我爱你。"

好人终有好报，这是亘古不变的真理。

做个有爱心的好人吧，有时爱他人也许就是爱自己。

生活中，有时不要计较眼前的得失，不要漠视身边的弱者。一个人要想获得持续的成功，光有技术、手段、技巧是远远不够的，还必须有一颗施爱的心。

爱心传递的是一份善良、一份感动，更是一份宝贵的生命赞礼！

"逃命"的降落伞

汤姆有一架漂亮的小型飞机。一天，他和好友库尔要乘飞机越过一个人迹罕至的海峡。飞机已经平安地飞行了两个小时，再有半个小时就能到达目的地了，可是这时汤姆发现飞机油箱漏油了。两人一阵惊慌，过了一会儿汤姆说："不用慌，我们有降落伞！"说着，他将操纵杆交给也会开飞机的库尔，自己去取降落伞。

汤姆在库尔身边放下一个鼓鼓的袋子。他说："库尔，我先跳，你在适当的时候再跳吧。"说着，没等库尔答应，他就跳了下去。飞机上只留下了库尔一个人。

飞机仪表显示油料已经用光了，库尔决定跳伞。他抓过降落伞包，不由一惊。包里没降落伞，只有一堆汤姆的旧衣服！库尔咬牙大骂汤姆，但也只能使尽浑身解数，驾驶飞机能开多远算多远。飞机无声息地朝前飘着，往下降着，与海面距离越来越近……

就在库尔彻底绝望时，一片海岸出现了。他大喜，用力猛拉操纵杆，飞机贴着海面冲到了海滩上，库尔晕了过去。

半月后，库尔回到他和汤姆所居住的小镇。他拎着那个装着旧衣服的伞包来到汤姆的家门外，发出狮子般的怒吼："汤姆，你这个出卖朋友的家伙，给我滚出来！"汤姆的妻子和三个孩子跑出来，库尔很生气地讲了事情的经过，但汤姆的妻子说汤姆一直没有回来。后来翻查伞包时，汤姆的妻子从包底拿出一张纸片，只看了一眼就大哭起来。

库尔不由愣住了，他拿过纸片来看，纸上只有两行极为潦草的字，是汤姆的笔迹，他在最后关头写下：库尔，我的好兄弟，飞机下面的海域是鲨鱼区，跳下去必死无疑。不跳，没油的飞机会很快坠海。我跳下后，飞机重量减轻，肯定能滑翔过去……你大胆地向前开吧，祝你成功！

也许，在现实生活中，我们已经很少看到这种超越生死的大爱了。把生的希望留给朋友，把死的恐惧留给自己，我们不能单单只用"伟大"这两个字来表达内心的感受。这个故事中的汤姆用自己的生命换取朋友生命的延续，这种友情之爱已经达到了一种极致。

真正的朋友是一种把生的希望留给对方，把幸福和快乐留给对方的抉择，是一种自己扛起一切的痛苦和负担，置生死于度外的付出。生活中我们要学会善待朋友，在朋友最需要帮助的时候伸出友谊的双手，热情的双手。

最温馨的关爱

2004 年 12 月，印度尼西亚海啸肆虐，国际救援队救回一个虚弱女孩，因为被岩石撞击过，她失血过多，但是救援队已经没有足够的供血了，而女孩根本就等不到下一班救援的到来。

给现场人员验血，只有一个小男孩的血型与女孩的血型符合。救援人员用简单的印度尼西亚语和手势问男孩："你的伙伴受伤了，只有你的血能救她，你愿意输血给她吗？"

被灾难惊吓过度的孩子，呆呆地看着陌生的阿姨。阿姨以为他不愿意，让大家准备想尽办法去联系附近的救援队。

小男孩突然拉住阿姨的裤边，用力地点点头。阿姨高兴地准备给他消毒。他僵直地躺在床上，看着血被一点点地抽出来，眼泪开始一滴滴地掉下来，小嘴还忍着不抽泣。完成输血后，小男孩躺在床上，死死地闭着眼睛，阿姨走过来拉他的小胳膊，小男孩睁大眼睛问："我怎么还活着呀？"

"你这么善良，怎么会死呢？我又不是抽干你的血。噢，原来你是怕死才哭的啊!"看着小男孩不好意思的样子,阿姨又问:"你那么怕死,为什么还愿意输血给你的同伴呢?"

小男孩抹了一把眼泪,认真地说:"因为她是我最好的朋友!"他小小的声音感动了在场的所有人,他也许不知道,他对友情的表现方式有多么伟大。大难临头的时候,人群中一般都会出现两种极端状况,第一是各顾各,第二是涌现具有牺牲精神的帮助别人的英雄人物。后者尤其体现在一个凝聚力强大的团队中间,然而故事中的英雄,是个惊魂未定的小男孩。

在男孩小小的脑袋里,"朋友"这个词的意义,就是当朋友笑的时候,他一定也是开心的;当朋友哭的时候,他会很难过;当朋友需要他全部的血求生时,他仍然会慷慨地输给她。他觉得"朋友"就是在快乐和危难的时候,首先要分享和帮助的人。生活中,真正的朋友就是能够把最温馨的关爱给对方的那个人!

积极与进取的哲学

没准马真的能飞

一个平民触怒了国王，火冒三丈的国王命人立即处死他。

那个聪明的平民灵机一动，对国王说："我尊敬的国王，我能使您最喜欢的马飞上天空！如果您能给我一年的时间，我就能做到。如果一年之后我做不到，我愿意被您处死。"

国王听了以后半信半疑，问道："你真的能让我的马飞上天空吗？"

平民装作非常肯定的样子，答道："是的，我以我的性命担保我能！我亲爱的国王，如果您给我一个机会，那么您就可以看见您的爱马在天上飞，但是您如果现在把我处死就永远也看不到了。"

国王想了想，觉得那样自己也没有什么损失，就答应了平民的要求，不仅没有把那个平民关起来，还给他一些他所需要的东西，准备让自己的爱马"飞起来"。

这个平民的哥哥非常担心地问他："你怎么能对国王许下这样的承诺呢？如果到时候国王的马飞不起来你可怎么办呢？"

这个平民微笑着对他的哥哥说："一年的时间说长不长，可是说短也不短啊，这一年里可能会发生很多事呢，也许国王会死，也许我自己会死，也许这个国家会被别的国家毁灭，也许——我能从这个国家逃到别的国家去。如果我不骗国王，那我今天就会被国王处死。所以，只要有一年的时间，没准马真的能飞上天空。"

这个聪明的平民没有等待别人或者上帝给他创造机会，他带着国王给他的东西和哥哥一起悄悄地逃到别的国家去了，不仅没有性命之忧，反而还过上了幸福的生活，活了很久。

他在老年的时候，经常给自己的孙子孙女们讲这个"飞马"的故事，并且告诉他们："人活着一定要积极，只有主动才能赢得成功。"

未来是什么样子，我们从来都不知道。但是，只要我们有时间，一切就都有希望。

我们遇到困难的时候，如果能像那个聪明的平民一样，利用自己的聪明才智给自己赢得时间，然后再创造出条件让事情变得利于自己，那么，成功离我们还会远吗？

人在一生当中都应该积极，应时刻记住——只有主动才能赢得成功！

凡事都要积极地去想

从前有两个秀才，他们住在一个村子里。他们都把对方当做知己，常常秉烛夜谈，在一块讨论问题。

到了科考的日期临近的时候，他们一起去赶考。

在路上，他们遇到了一个出殡的队伍。那个队伍很长，一口黑色的大棺材后面跟着披麻戴孝的轿夫和孝子们。

其中一个秀才看到以后心情很郁闷，他认为："真倒霉，怎么会遇到这样的事？太不吉利了。"心中对这件事耿耿于怀。他的朋友很乐观，认为这是一个好兆头——棺材、棺材，有棺（官）又有材（财），这次赶考一定可以吉星高照，高中进士。

到了考试的时候，那个悲观的秀才虽然心里很想摆脱那个"黑色的棺材"的阴影，但是越不想要什么就越来什么，总想那个棺材，结果思路混乱，把试卷答得一塌糊涂。

另外一个乐观的秀才则相反，他觉得自己的运气很好，认真地答题。于是，他的试卷行文工整，思路清晰，而且文章的思路架构也非常好，得到了主审考官的赏识。

结果可想而知，乐观的秀才中了进士，而悲观的秀才名落孙山，只能再读几年书回来重新考试。

生活中，我们常常遇到一些人、一些事，由于大家的心态不同，所以有的人认为这是坏事，是凶兆，从而真的遭遇了失败；但是有的人却认为这是吉兆，是好事，从而取得了成功。

同样一件事，为什么既可以是吉兆，又可以是凶兆呢？关键在于人的心态不同。

那个中举的秀才无疑是一个心态十分积极的人，他积极地看待人生，不论遇到什么事情都能够往好的方向去想，就算见到一口棺材也能想到"升官发财"，所以才能够赢得成功。

但是反观那个名落孙山的秀才，他遇事太消极，不会把事情往积极的方面去想，看到一口和他没有什么直接关系的棺材，他却老觉得自己倒霉，所以就遭到了失败。

其实，我们在生活当中也会和两个秀才一样，在某一个时段中处于同样的境地，这时我们是否积极就很重要，只要我们积极地去想、去做，就能赢得成功。

酒香也怕巷子深

白兰地是法国的一种名酒，很多法国人都喜欢喝白兰地。白兰地的历史悠久，酒味醇厚，非常适合法国人的浪漫气质和法国贵族们高品位的需求。然而让他们遗憾的是，直到20世纪中叶，白兰地仍然没有打入美国市场。

他们反思后认为他们一直都太被动了，只是消极地等待着美国人来发现白兰地的好。但是美国人因为没有这样的消费习惯，所以宁愿选择自己熟悉的威士忌，而不选择不熟悉的白兰地。没有人尝试，没有人品尝，白兰地又怎么能打入美国市场呢？于是他们决定改变一下销售策略，积极地出击，到美国去宣传一下白兰地，让大家都知道有白兰地这种酒，从而打开白兰地的美国市场。恰好1957年10月是美国总统艾森豪威尔的67岁生日，法国人准备在美国总统的生日上大做文章。

首先，他们高调地致信美国有关人士，为了表示对美国人民的友好感情，他们决定在艾森豪威尔总统生日的时候，赠送两瓶拥有67年历史的白兰地酒作为礼物。法国商人坐专机把这两瓶酒送到美国。他们还为此支付了巨额的保险金。最后，在新闻媒体的关注下举行了隆重的交接仪式。

这个盛大交接仪式吸引了无数的观众前去观看，由此"白兰地"这种酒深深地印在美国民众心中。而且，他们当场开瓶给艾森豪威尔总统品尝了白兰地，总统先生在众多观众和媒体的面前盛赞这种酒，于是白兰地酒一夜成名。之后，白兰地酒顺利地打开了美国的市场，销售量比以前翻了好几番，成为美国人酒类中的新宠儿。

法国的这些白兰地酒商无疑是非常聪明的人，他们不仅知道要靠广告来提升自己产品的知名度，而且还知道利用美国总统的名人效应。他们付出了很多，有优质的白兰地，还有包机的昂贵费用，但是和以后在美国市场里赚的钱相比，这些投入进去的金钱又算什么呢？

一个人如果只是消极被动地等待是永远不会获得成功的。成功不会自己来敲门，它需要我们积极地去寻找。只有积极主动的人才能找到成功，才能抓到成功。

积极——是成功的基石，是成功的必备条件！

一步天堂，一步死亡

这个故事发生在美国。一个伐木工一天独自开车到深山里面去伐木。他遇到了一个意外：一棵被他用电锯锯断的大橡树倒下的时候，因为碰到了对面的另外一棵大树，就被弹了回来。树往回弹的速度相当快，等他反应过来的时候已经来不及了，他避闪不及，被那棵大橡树压住了右腿。

转眼间，他的右腿就血流不止，巨大的疼痛感让他的眼前发黑，但是坚强的求生意志让他没有晕过去，他吃力地保持着清醒。

他清楚地知道这个林区周围几十公里都没有人居住，而且也很少有人会到这里来，就算等上几天也不一定会有人经过，看见他。而且他的血流得很多，即使等到了人，可能也会因为失血过多而死。

他知道他唯一的生存方法就是用电锯锯断自己被大橡树压住的右腿，然后爬到汽车上，开车去最近的一个医院。除此之外，别无他法。

这个方法听起来很可怕，实行起来更是困难。但是如果不行动，他今天就会丧命于这个林区里，以后再也不能见到自己的家人，不能拥有自己的人生。于是，他坚强地把这个计划付诸行动。

在锯腿的过程中，他没有麻药让自己减少痛苦，甚至没有止血的药，疼痛使他的眼前一阵阵地发黑。他几欲昏厥，但是为了自救，他顽强地挺了过来，锯下了自己被压住的右腿。

后来，他艰难地爬上自己的汽车，用一条腿艰难地开动了汽车，然后把汽车开到最近的一个医院。

他一直控制住自己，不让自己在路途中晕倒，直到被医生送到担架上，他才终于放心地晕了过去。

他的事迹很让人震撼，电视台把他的经历做成一期节目在电视上播出。这个节目一播出就产生了强烈的反响，人们都被他积极自救的精神折服。

很多人遇到这个伐木工的境地时，也许会认命，不负责任地把眼睛一闭，然后等待那个"或许"会到来的救援。这样消极的态度能救回自己的性命吗？显然是不可能的。只有像那个勇敢的伐木工一样，积极地自救才有可能会得救。

这真是一步天堂，一步死亡。我们在现实生活中也许不会遇到与伐木工一样的困境，但是道理都是相通的。很多时候，如果我们消极地等待，就会错过太阳，错过月亮，也错过星星，最后什么也没有得到，只能抱着失败自怨自艾。

但是如果我们积极地面对人生的每一个机遇、挑战、困境，我们会发现，很多事情都是想起来困难但是做起来简单，只要我们肯做，肯积极地去争取，很多事情都可以很好地完成。

积极——人生必备的品质！

积极助你脱困

这个故事发生在 1996 年 5 月，美国组织了一个登山队攀登珠穆朗玛峰，这个登山队由 31 名队员组成。忽然间，天公不作美，暴风雪从天而降，他们遭遇到了极大的挑战！

一个叫做汉森的队员在暴风雪中不幸遇难了，死在珠穆朗玛峰的山腰上，尸体被厚厚的雪所掩埋。

一个叫做贝克·维塞斯的队员当时昏倒了，而且他昏倒的地方远离营地。人们都以为他已经死去了，毕竟，珠穆朗玛峰上的条件是极其恶劣的，在这种寒冷、无力、绝望的包围下，大家觉得没有人能够生还。他们甚至把这件事通过无线电报告了总部基地，并且给维塞斯的妻子发了维塞斯的死亡通知书。

然而，维塞斯比大家想象的要坚强。他苏醒过来以后，他想到："我还有可爱的妻子，还有可爱的孩子，我还有美好的后半生。我一定要积极地活下去！"他不断地积极求生，鼓励自己向前运动，鼓励自己要积极，不要放弃生存下去的希望。

因为珠穆朗玛峰上四处都是雪，白茫茫一片，其他的队友不知道他晕倒的地点，没有办法找他。他为了生存，就奋力地向前爬，根据自己的方向感，不断向大本营爬去。

回去的路途遥远，而且珠穆朗玛峰上的气候十分恶劣，天渐渐黑了，但是这么多困难却没有把他打倒，他坚定地、积极地往前爬去，永远都不放弃希望。

终于，在几个小时之后，他回到了大本营。经过一番救治，他奇迹般地获救了。

总部又给他的妻子发了另外一个他获救的通知，让他的妻子从地狱到了天堂。

能够成为攀登珠穆朗玛峰的登山队队员，维塞斯无疑是经过了层层考验的。如果没有积极的申请，积极的进取，积极的准备，他是不可能成为登山队的一员的。

正是他这种积极的品质，把他救出了困境，让他不仅保住了自己的性命，还完成了自己的理想。

从这个故事中，我们可以看出：积极的精神对于一个人来说是多么的重要。

人生不可能一帆风顺，我们都必须面临这样或者那样的困境，必须经受这样或者那样的打击，然而，有的人能在困境中积极寻求方法；有的人却在困境中泥足深陷，永远被打败了，这是为什么呢？

积极的人，在哪里都能获得成功；消极的人，不论有多么好的条件都难以成功！

抓住身边的机遇

在美国的休斯敦，有一个年近半百的老太太本来在街上逛着，但是天上却忽然下起了雨，而她出门的时候又正好忘了带伞，于是她就走进一个百货公司避雨，她进店以后四处闲逛。

不少售货员看见她没有带伞，而且衣服被雨淋得有点湿，都猜到她是来避雨的，没有搭理她，任她四处闲逛。也有一些热情的售货员问她："请问您想买点什么？"这个时候老太太就回答："哦，我只是来避雨的，就随便看看，什么也不想买。"

于是，很多售货员听到她的这个回答以后就都不搭理她了。

只有一位售货员例外，她在听到这个老太太的话以后，仍然对这位老太太表示欢迎，主动和老太太聊天，还给了她一把椅子，让她可以歇歇脚，并且给老太太倒了一杯水。雨停以后，老太太准备走了，这个售货员还送了送老太太，老太太和她聊得很开心，就主动要了一张她的名片。

几个月以后，这位年轻的售货员收到一封信，是那个避雨的老太太写给她的，信上说：感谢这位售货员的热心招待，为了表示感谢，她邀请这位年轻人负责装修她的豪华住宅。这位老太太就是美国钢铁大王卡内基的母亲。

每个人都渴望成功，但是却不知道怎样才能得到成功，才能抓住成功。其实，成功就在我们的身边。只要我们凡事积极地面对，做好每一件小事，有的时候就会惊奇地发现原来成功就在自己的眼前。

这位年轻的售货员在遇到避雨的老太太时，肯定没有想到自己会得到这么一份工作。她只是积极主动地去招待了老太太，她只是认真地去生活了，所以，她得到了成功。

和当时其他的售货员相比，她只多了一样东西，那就是——积极主动，只有凡事都积极主动的人才能够赢得成功！

从清洁工到电影明星

电影明星史泰龙的童年生活很悲惨。他的爸爸是一个赌徒，母亲是一个酒鬼，每当父亲输了钱的时候，就会毒打他的母亲和他。她的母亲觉得生活很痛苦，于是就天天喝酒，都不管他。他高中毕业后就流落街头，成了一个小混混。

在20多岁的时候，他忽然醒悟了，觉得自己现在的生活简直是在浪费人生，他不能再这么浑浑噩噩下去了，于是只身到城里闯荡。

后来，他喜欢上了表演，想成为一个电影演员，于是他花光了所有的钱，买了去好莱坞的车票。但是老天并没有特别眷顾他，由于他的外形并不是当时电影公司喜欢的那种"奶油小生"的形象，他去应聘了很多次都没有成功。

但是这些挫折和失败并没有使他丧失信心，他成为电影公司的一个清洁工，白天辛苦工作，晚上努力写剧本。

历尽千辛万苦之后，他终于写出了一个非常好的剧本。他对这个剧本很满意，拿给朋友们看的时候朋友们也很喜欢。于是，他把这个剧本投到了他所在的电影公司。

公司的高层见到这个剧本以后也十分欣赏，就提出买断这个剧本。但是这个要求被他拒绝了，他提出一个要求——如果要用他的剧本，就必须用他做男主角。

公司的高层很犹豫，毕竟史泰龙是一个没有任何表演经验的人。高层们考虑了很久，也尝试着和史泰龙谈判，但是史泰龙的态度很坚决：不让我做主演一切就免谈！

最后，由于这个剧本实在是太好了，公司的高层不得不答应了他的要求。史泰龙也凭借这个电影一炮而红，奠定了他好莱坞一线男星的地位。

史泰龙是一个坚定的人，为了达到自己的目标积极地去追寻、去奋斗，就算只能先当一个清洁工，也没有放弃自己的梦想，努力写剧本，并且积极地和公司的高层争取做主演的机会。

如果史泰龙不够积极，在上述任何一个环节中消极退缩了，他可能一辈子只能是个清洁工。

人生当中，是需要一些勇气、一些冲劲和一些积极态度的，否则，就永远只能站在成功的大门外欣赏别人的成功！

只有积极主动才能实现自己的理想，才能改变自己的人生！

积极进取创造出来的天才

爱迪生是"发明大王"，他一生有 2 000 多项发明，平均下来每 3 天就发明一样东西。

他的很多发明如电灯、电影等极大地改变了我们的生活。美国曾经在爱迪生生日的时候全国停电 5 分钟，以此来让大家感受到爱迪生对全人类的巨大贡献。

人们把爱迪生当做天才，但是爱迪生却说："哪里有什么天才，天才只不过是百分之一的灵感加上百分之九十九的汗水。"

人们也常常问爱迪生："怎样才能成功？"

爱迪生常常说："成功＝艰辛的劳动＋正确的途径＋少说空话。"

他的一生是积极奋斗的一生。从 15 岁起，他的绝大部分时间就是在实验室里度过的。根据他的儿子回忆，他每天都会工作 18 个小时以上，每天只睡 4 个小时左右，偶尔加一次小憩，而且他小憩的时候很简单，在工作室的床上随便躺一下就好。

他有一个习惯，就是把灵感随时记下来，记在一种 200 页厚的黄色笔记本上，有时候这样的笔记本几天就会用完一本。到他去世的时候，他共用了 3 400 多个笔记本。

没有积极进取，就没有爱迪生的成功，就算有一分灵感，也要加上九分的汗水才能得到成功！

在我们惊讶于他取得的巨大成功的同时，我们是否也该好好地反省一下自身。我们现在还没有成功，是因为没有能力吗？恐怕不是，我们只是缺少一点积极主动的精神而已。

如果我们加倍努力，不一定人人都能成为爱迪生。但是只要我们肯努力，肯积极地面对生活，肯主动地去争取自己想要的东西，我们的生活会比现在幸福很多。

悟禅与机缘的哲学

天堂和地狱

一位老僧坐在路旁，双目紧闭，盘着双腿，两手交握在衣襟之下，正在沉思之中。

突然，他的沉思被打断。"老头！告诉我什么是天堂！什么是地狱！"一个武士用嘶哑的声音。

老僧好像什么也没听到。他慢慢地睁开了双眼，嘴角露出一丝微笑。武士站在旁边，迫不及待，犹如热锅上的蚂蚁。

"你想知道天堂和地狱的秘密？"老僧说道，"你这等粗野之人，手脚沾满污泥，头发蓬乱，胡须肮脏，剑上铁锈斑斑，一看就知道没有好好保管，你这等丑陋的家伙，你娘把你打扮得像个小丑，你还来问我天堂和地狱的秘密？"

只听"刷"的一声武士拔出剑来，他被激怒了，把剑举到老僧头上。他满脸血红，脖子上青筋暴露，就要砍下老僧的人头。利剑将要落下时，老僧忽然轻轻地说道："这就是地狱。"

霎时，武士惊愕不已，对眼前这个敢以生命来教导他的老僧充满崇敬和爱意。他的剑停在半空，他的眼里噙满了感激的泪水。

"这就是天堂。"老僧说道。

一切恶念、恶言、恶行，对于自己和他人都是地狱；一切善念、善言、善举对于自己和他人都是天堂。不要让怒火燃烧理智，弃恶就是从善。

扬子江

乾隆问金山寺住持："扬子江，一天里有几艘船经过？"

住持态度轻松地说："不多不少，只有两艘船。"

乾隆急切地问："经过的船不是很多吗？怎么只有两艘？"

住持指了江心："施主你有所不知，虽然经过的船很多，可是哪一艘船不是为了名和利而开？"

乾隆似乎有感而发："真是可惜！众生最需要的船，却没有人开。"

众生最需要什么船？

众生需要的是承载着爱的船。

这个世间众生最渴望的是爱，这个世间众生最缺乏的也是爱。其实，爱是不请自来的，只是我们举手投足之间的疏忽与习惯，觉得爱不再美丽。

鉴真大师

鉴真大师刚刚遁入空门时，寺里的住持让他做个谁都不愿做的行脚僧。

但是，每天他都很勤奋地做着住持交给的工作已经两年了，他每天如此，从来没有一次让住持对他的工作觉得不满。可是他一直想不明白，为什么别人都在做很轻松的活，而自己却一直做寺里最苦最累的工作，而且一做就是两年这么长的时间。

一直以来，他都难以接受，他认为自己很委屈，觉得住持分配的一点都不公平。终于有一天，已日上三竿了，鉴真依旧大睡不起。住持很奇怪，推开鉴真的房门，只见床边堆了一大堆破破烂烂的瓦鞋。住持很奇怪，于是叫醒鉴真问："你今天不外出化缘，堆这么一堆破瓦鞋干什么要？"

鉴真打了个哈欠说："别人一年都穿不破一双瓦鞋，我刚剃度一年多，就穿烂了这么多的鞋子。"

住持一听就明白了，微微一笑说："昨天夜里刚下了一场雨，你随我到寺前的路上走走吧。"

寺前是一座黄土坡，由于刚下过雨，路面泥泞不堪。

住持拍着鉴真的肩膀说："你是愿意做一天和尚撞一天钟，还是想做一个能光大佛法的名僧？"

鉴真回答说："当然想做光大佛法的名僧。"

住持捋须一笑接着问："你昨天是否在这条路上走过？"

鉴真说："当然。"

住持问："你能找到自己的脚印吗？"

鉴真十分不解地说："我每天走的路都是又干又硬，哪里能找到自己的脚印？"

住持又笑笑说："今天再在这路上走一趟，你能找到你的脚印吗？"

鉴真说："当然能了。"

住持笑着没有再说话，只是看着鉴真，鉴真愣了一下，然后马上明白了住持的教诲。

不经历风雨，就像一双脚踩在平坦而坚硬的大路上，什么也没有留下。

只有那些在风雨中走过的人，才知道痛苦和欢乐究竟意味着什么。

禅师为椅

一位老禅师晚上在禅院里散步，发现墙角有一张椅子。

禅师心想：这一定是有人不遵守寺规，越墙出去游玩了。老禅师便搬开椅子，蹲在原处观察。一会儿，果然有一个小和尚翻墙而入，在黑暗中踩着禅师的背脊下到了院子。

当他双脚落地的时候，才发觉刚才踏的不是椅子，而是自己的老师，小和尚顿时惊慌失措。

但出乎意料的是，老和尚并没有厉声责备他，只是以平静的语调说："夜太凉，快去多穿件衣服。"

小和尚感激涕零，回去后把这件事告诉了其他的师兄弟。

从此以后，再也没有人夜里越墙出去闲逛了。

宽容理解能缩短人与人之间的距离。宽容是人类性情的空间，因此，一个宽容的人，到处可以契机应缘，和谐圆满。

枯与荣

药山禅师有两个弟子，一个叫云严，一个叫道吾。

有一天，师徒几个人到山上参禅，药山看到山上有一棵树长得很茂盛，旁边的一棵树却枯死了，于是药山禅师问道："荣的好，还是枯的好？"

道吾说："荣的好！"云严却回答说："枯的好！"

正在这个时候，来了一个小和尚，药山就问他："你说是荣的好，还是枯的好？"

小和尚说："荣的任它荣，枯的任它枯。"

禅师说："荣自有荣的道理，枯也有枯的理由。我们平常所指的人间是非、善恶、长短，可以说都是从常识上去认识的，都不过停留在分别的界限而已，小和尚却能从无分别的事物上去体会道的无差别性，所以说'荣的任它荣，枯的任它枯'。"

无分别而证知的世界，才是实相的世界。而我们所认识的千差万别的外相，都是虚假不实，幻化不真的，甚至我们所妄执的善恶也不是绝对的。好比我们用的拳头无缘无故地打人一拳，这个拳头就是恶的；如果我们好心帮人捶背，这个拳头又变成善的。恶的拳头可以变成善的，可见善恶本身没有自性，事实上拳头本身无所谓善恶，这一切只不过是我们对万法的一种差别与执著。

禅的世界是要我们超出是非、善恶、有无、好坏、枯荣等等相对的世界，禅的世界是要我们在生死之外，找寻另一个安身立命的所在。

生死荣枯，本是自然。各有各的道理，我们不必执著其中，争断长短是非。

极高明

南岳衡山，福严寺掩映在茂林修竹古藤老树之中，怀让禅师在寺前看到一个人正踏着夕阳余晖而来。

"施主……"

怀让问道。

"弟子特来投拜大师。"

那人说道。

"不，公非出家守灯之人。"

怀让对着来人说道。

那人长叹不止，原来他叫李泌，才高八斗，是唐玄宗殿前的大臣，当时宦官李辅国弄权嫉才，大逐贤臣，滥杀无度。他为逃避灾难，就想到衡山隐居。

怀让终于心动，留他居住，并和他成为好朋友。

10 年后，唐德宗遣人持金牌来到衡山，急召李泌出任宰相。

70 高龄的怀让率弟子为李泌送行。在寺院门口，李泌忽然发现一棵枯死多年的老树冒出了新芽，便问：

"这树死了多年，怎又发芽了呢？是因为尊师为寺主持，率众植松杉十万株，感动了天地。让枯木逢春吧！"

怀让说："不是的，只是我每天为它浇水，它才慢慢活起来的。"

李泌闻言，感慨良多。

枯树发芽，缘为生命之水。山河大地，鸟兽花草也有禅心体验啊！

李泌于是大悟，提笔写了三个大字，便匆匆赴任。

那三个大字为"极高明"，后来被镌刻在寺前的石崖上，字体遒劲朴实。启迪后人。

枯木逢春，缘于滴水之恩，精诚所至，金石为开，世事如此，只要用心付出，定会有奇迹出现。

一尘不染

一天，禅宗五祖弘忍大师把弟子们召集在一起，对他们说："你们每人都作一首偈子送来给我看，如果有人真有悟性，我就把衣钵传授给他，作为禅宗第六祖。"

上座神秀先作了一首偈子，五言四句，写在廊壁上，这首偈子是："身是菩提树，心如明镜台；时时勤拂拭，勿使惹尘埃。"

弘忍大师看了，摇了摇头说："这偈只到了门槛上，还没有进入门内。"

当时厨房里有个火头僧，名叫慧能，正在舂米，听到窗外的弟子们在诵读神秀的偈子，琢磨了一下，总觉得这首偈子没见到本性。他来到廊间，也想作一首偈。可是不识字，就请人代写。

不料那人讥笑他说："你这个粗人还想作偈子，真是稀奇！"

慧能反驳道："要学无上菩提，不可轻视初学，下等人也可以有上等的智慧，上等人也不一定有悟达大意的智慧。如果轻视别人，这就犯了无量无边的罪。"

那人听了，感到慧能出语不凡，就同意代他执笔。

慧能的偈子也是五言四句，这偈子是："菩提本无树，明镜亦非台；本来无一物，何处惹尘埃。"大家看了，无不惊讶，异口同声地说："奇哉！奇哉！真是不可以貌取人啊！"

弘忍大师得知后，也赶来看偈，连连点头："慧能这偈才是见地透彻，悟达大意！"

为了避免引起妒忌，弘忍大师私下秘密传授衣钵给慧能，并嘱他迅速离开。慧能遵命，到了岭南，大力弘扬"顿悟见性"的南宗，是为禅宗六祖。

在佛家眼中，心中无物，四大皆空。我们虽达不到这种境界，但也应当时时擦拭心中杂念，以使其不被尘世所染。

知易行难

唐代鸟窠道林禅师九岁出家，初随长安西明寺复礼法师学《华严经》和《大乘起信论》，后来学禅，参谒径山国一禅师得法，并成了他的法嗣。

南归后，道林见杭州秦望山松林繁茂，盘曲如盖，便住在树上，人们遂称他为"鸟窠禅师"。

元和十五年，白居易出任杭州刺史。白居易对禅宗非常推崇，听说高僧鸟窠住在秦望山上，非常高兴，决定抽空上山探问禅法。

一天，白居易上山来参访鸟窠禅师。他望着高悬空中的草舍。十分紧张。不由得感慨："禅师的住处很危险哪。"

鸟窠禅师回答道："我看大人的住处更危险。"

白居易不解地问："我身为要员，镇守江山。有什么危险可言？"

鸟窠禅师回答说："欲望之火熊熊燃烧。人生无常，尘世如同火宅，你陷入情识知解而不能自拔，怎么不危险呢？"

白居易若有所思，又换了个话题，问鸟窠禅师什么是佛法大意。

禅师回答说："诸恶莫做，众善奉行。"

白居易讥笑说："这话连三岁小孩都知道。"

鸟窠禅师说："虽然三岁小孩都知道。但82岁老翁却未必能做到。"

白居易豁然开朗，施礼而退。

扬善惩恶，虽是老幼皆知极为平常的道理，但80岁老翁历经年久，也未必能做到。对身为地方长官的白居易来说，知道这个道理尤为重要。

八风不动

苏东坡在瓜州任职的时候，与金山寺的住持佛印禅师成为至交。他们经常在一起谈禅论道，生活得十分快活。

有一天，苏东坡认为自己对于禅已经领悟到一定程度了，于是写了一首诗，阐述自己对禅道的理解，然后送给佛印禅师印证。

诗是这样写的：

> 稽首天中天，
> 毫光照大千。
> 八风吹不动，
> 端坐紫金莲。

意思是说：我伟大的佛陀，蒙受到佛光的普照，我的心已经不再受到外在世界的诱惑了，好比佛陀端坐莲花座上一样。

佛印看了他写的诗后，笑着在上面写了"放屁"两个字，然后就叫书童带回去给苏东坡看。

书童马上来到苏东坡面前，把佛印禅师的批文给苏东坡看。苏东坡看了批文以后恼怒不已，立刻动身找禅师理论。

他气呼呼地来到金山寺，远远就看见佛印禅师站在江边。

佛印禅师告诉他说："我已经在此等候多时了！"

苏东坡一见佛印禅师就气呼呼地说："禅师！我们是至交，我写的诗，你即使看不上，也不能侮辱人呀！"

禅师说："我没有侮辱你呀？"

苏东坡理直气壮地把诗上批的"放屁"两字拿给禅师看，说："这不是侮辱人么？今天我一定要讨个公道，你一定要给我个说法。"

禅师呵呵大笑："还'八风吹不动'呢！怎么'一屁就打过江'了呢？"

苏东坡听完惭愧不已，再也不敢炫耀自己了。

炫耀自己的人只不过是一逞口舌之快，是万不可取的。

香严击竹

香严智闲禅师是百丈禅师的弟子，学通三藏，知识广博。百丈禅师圆寂时指示他到师兄沩山灵佑那里去继续参禅学道，香严依言前往。

有一天，灵佑禅师对香严说："我听说你在百丈先师处，问一答十，问十答百，这是你聪明伶俐的地方。我现在想问你几件事，你试着说一句，让我预测一下你的未来。"

香严想了好半天，才说出几句，但都被灵佑否定了。

香严说："还是请师兄为我说说吧。"

灵佑斩钉截铁地说："我不能告诉你，因为我告诉你答案的话，那仍然是我的东西，和你不相干。我告诉了你，你将来会后悔，甚至会埋怨我的。"

香严只得退回僧室。他把自己收集的各地禅师的语句都翻了一遍，竟然没有一句现成的话可以来应对，不由地感叹画饼不能充饥，于是把这些笔记都烧掉了。

香严哭着告别灵佑师兄，说："今生不再学佛法，就做个长期行脚的吃饭僧算了，免得劳心费神。"

香严来到南阳，看到慧忠国师的遗迹，便住在这里。有一天，他正在割除草木，随手扔出一块碎石。那石头恰巧打在竹竿上，发出清脆的声音。香严愣了一下，突然省悟了。他立刻回到房中沐浴焚香，向着灵佑禅师的方向遥遥叩拜。由衷地说道："师兄实在慈悲，当时如果对我说了，哪有今天的开悟！"

禅师启发弟子，是逼他自省自悟。香严受逼，明白了依靠书本，依靠他人是无用的。他绝望之下，一把火烧了笔记，决心不再学佛法。但也正是在这种绝境中，抛石击竹的偶然一声，撞开了他大彻大悟的智慧之门。

画饼不能充饥，悟道全靠自己。在觉悟真理的过程中，常常是偶然间顿悟。

风动幡动

慧能接受了五祖弘忍的衣钵传承，离开了湖北黄梅，历经险境，十五六年后，他来到了广州法性寺。

当时印宗法师正在寺中宣讲《涅槃经》，前来听讲的四方弟子很多。休息时，大家在院子里走动。突然，一个和尚看到风吹动了幡，说："你们看，幡动了！"

另一个和尚不以为然："你错了，是风在吹动。"

这时慧能走进院子里，听见他们两人在争论风动还是幡动，他马上插了一句："我看，既不是风动，也不是幡动，而是你们的心动！"

大家的眼光全都注视着慧能，感到惊讶，印宗法师走来，正听到慧能的一番精辟见解，也感到他见解不凡，就请他进屋。

坐定，印宗问："你从哪里来？我刚才听到你们的讨论，你出言不俗，颇有见地。"

"我谈不上什么见识，只是曾在五祖弘忍大师那里学到一点东西。"慧能恭敬地回答。

印宗沉思片刻，接着又问："早就听说弘忍衣钵南传，你就是弘忍禅师的传人吧？"

"不敢，不敢，正是在下。"慧能谦虚地回答。

印宗听了非常高兴，恳求出示弘忍禅师传授的衣钵：一件陈旧的袈裟，一只黑色的铁钵。印宗随即把衣钵供奉在案桌上，点燃香烛，奉献鲜花，率众礼拜。

从此，慧能在这里倡导顿悟法门。第二年，慧能又到曹溪宝林寺大阐宗风，开创了营溪禅，弟子有十三人，其中最出名的是南岳怀让和青原行思两位禅师。

后来，慧能为了避免弟子争夺，宣布以后只传心印，不传衣钵。

事之不如意，多由心态决定，要心静如水，如此方能冷静应对一切。

即心是佛

"即心是佛"是马祖学禅的心得。马祖俗姓马，四川人，法号道一，"马祖"是中唐后弟子们出于对道一法师的敬重而称呼他的。他曾在福州人弘禅宗，普度众生。

各地出家人都很仰慕马祖。有一次，一位名叫法常的和尚从大梅山来见他，

马祖问道："你来这里有什么事?"

法常答道："我来求佛法。"

马祖又问："求什么法?"

法常恭敬地说："向你请教"

马祖合掌，接着又合眼，嘴里吐出四个字："即心是佛。"

法常听了，顿时开悟，谢过马祖。回到自己平时参禅的地方。

过了一段时间，马祖想起了法常，就派一位弟子前去探望，看看他对"即心是佛"四字是否真正悟通。

弟子找到法常，一进门就看见法常在专心参禅，于是开口便问："禅师，你从前在马祖那里曾经得到什么见识?"

法常却视而不见，听而不闻，合掌合眼，一心参禅。

弟子见法常聚精会神，根本没有注意到自己，就大声喊："马祖过去跟您说过什么?"

法常答话了："即心是佛。"

弟子叫了一声，接着又说："马祖现在说'非心非佛'，不再说'即心是佛了'!"

法常听罢，长叹一声："这个老汉捉弄人，让他'非心非佛'吧，我还是'即心是佛'。"

弟子回见马祖，把法常的情况细述一遍。马祖感到法常悟得透彻，脚踏实地，心不受扰，不禁合掌欢喜，对众弟子说："梅子熟了!"

此话一语双关，表面上是说法常所住的大梅山上的梅子已成熟，暗中却指法常的功夫已经到家了。

万事贵在一心，持之以恒；朝三暮四，心猿意马，什么事都做不好。

画师像

盘山寺里的住持名叫宝积禅师，一天，他预料到自己将要离开人世，于是把众弟子叫到面前，对他们说："我就要离你们而去了，你们谁能为我画一幅肖像?"

众僧非常伤心，都开始画像。

他们与禅师朝夕相处，音容笑貌早已印在心中，画出的肖像千姿百态，

有的相貌庄严，有的慈眉善目，没有一幅是相同的。

禅师看到他们画的像，感到很失望，喝道："这些年你们怎么跟我学禅的？你们没有一个会画！你们自己对照着看看，画得像不像我。如果像我，就杀了我，如果不像我，就把画像烧掉！"

众弟子手足无措，不知如何是好。

正在这时，弟子普化走上前去，朝着宝积禅师说："师父，你看我画的。"说完，他就在禅师面前翻了个跟头，然后从容地走出禅房。

众僧都瞪大了眼睛，不知道他葫芦里到底卖的是什么药，纷纷说他是疯子。

宝积禅师终于露出了笑容，望着普化的背影，说道："画得好！我相信他以后一定会和我一样的！"

于是他向众人说道："从今往后，就由他来做住持。"然后脸上洋溢着微笑，闭目而去。

禅师求画的真正用心是希望僧徒们像自己那样，如痴如醉地教化别人。只有一个弟子理解了禅师的意思，他翻了一个跟头，表示要和禅师一样"发疯"般地教化别人。普化领悟，老禅师口骂心喜，不枉他一世育人有了结果！

不可忽视学习，同时不要只学表面，学形似，而忽略了学内在神韵。

能大能小

有一位信者问无德禅师："同样一颗心，为什么心量有大小之分呢？"

禅师并未直接做答，他告诉信者："请你将眼睛闭起来，默造一座城池。"

信者于是闭目冥思，心中勾画了一座城池。

过了一会儿，信者说："城池已经建造完毕。"

禅师说："请你再闭眼默造一根毫毛。"

信者又照样在心中造了一根毫毛。

信者说："毫毛也造完。"

禅师说道："当你造城池时，是只用你一个人的心去造？还是借别人的心去造呢？"

信者说："只用我一个人的心去造。"

禅师继续问："当你造毫毛时，你是否用全部的心去造？还是只用了一部分心去造？"

信者说到："用全部的心去造。"

于是禅师就对信者说："你造一座大的城池，只用一颗心，造一根小的毫毛，还是用一颗心，可见你的心是能大能小啊！"

我们总以为自己的心量是大小如一的，却不知道在对待具体的事物时，已经不自觉地分了大小。

马祖的感叹

成都北门有条簸箕街，传说马祖道一禅师的父亲马簸箕曾在这里以编织簸箕为生。马祖从小出家，后来在福建、江西参禅修行，因而他一生教化的中心是在江西。

马祖自从在南岳得道后，在佛门的影响日益增大。有一次，他回四川老家弘扬禅法。四川各地人们听说高僧马祖到了成都，都奔走相告，前去谒拜。

可当人们发现马祖却是穷苦的马簸箕的儿子，都深感失望，一哄而散。见此情景，马祖无限感慨。叹道："学道不还乡，还乡道不香。"于是他决定离开家乡。

然而他的嫂子却十分钦佩他，恳请他指点迷津。

马祖笑着说："你这么信我！好，你把一个鸡蛋用绳子悬挂在空中，早晚都去听，听到声音，那你就得道了。"

嫂子照办了，等马祖辞别后，她早晚都去听，却根本听不到什么声音。

突然有一天，绳子突然断了，鸡蛋落地，发出响声，嫂子顿时大悟。

马祖教她嫂子的方法显然是比喻学道离乡才香，同样，鸡蛋断离原处，落地才响。

只有抛弃世俗的眼光，才能取得成功。

佛陀的烦恼

有信者问赵州从谂禅师："佛陀有烦恼吗？"

赵州："有！"

信者："那怎么会呢？佛陀是解脱的人，怎么会有烦恼呢？"

赵州："因为你还没有得度。"

信者："假如我修行得度了以后，佛陀还有烦恼吗？"

赵州："有！"

信者："我既已得度了，佛陀为什么还有烦恼呢？"

赵州："因为还有一切众生！"

信者："众生是无尽的，那佛陀岂不是永远在烦恼之中而无法超越了？"

赵州:"已经超越,已无烦恼。"

信者:"众生既未度尽,佛陀为什么又不烦恼呢?"

赵州:"佛陀自性中的众生都已度尽。"

信者似有所悟。

凡夫众生的烦恼,是从无明妄想生起的;而佛陀的烦恼,是怜悯众生的烦恼而起的,佛陀实无烦恼。

仔细想来,烦恼其实本没有真实性,像佛陀一样烦恼非烦恼,这样生活,该有多好!

打坐四十年

宋朝佛窟禅师本是长安人。他自幼喜爱佛法,少年出家后,在浙江天台山佛窟庵修行。

到了天台山,他用树枝和茅草盖了一间草庵。平日以泉水滋润咽喉,每天只在中午采摘山中野果充饥。每日如此,不知过了多少年。

这天,有一个樵夫路过草庵,见到一个修道老僧,好奇地问他:"您在此打坐多久了?"

佛窟禅师回答道:"大概已有四十寒暑。"

樵夫又好奇地问道:"只有你一个人在此修行吗?"

佛窟禅师点头道:"深山老林,一个人在此都嫌多,还要那么多人干什么?"

樵夫又问:"难道你没有其他朋友吗?"

佛窟禅师拍掌三声,一时间一群虎豹从庵后涌出,樵夫大惊失色。佛窟禅师忙说莫怕,并示意虎豹退回庵后。

禅师道:"你看到了吧,我的朋友很多,山河大地,花草树木,狼虫虎豹,都是我的伴侣。"樵夫听后深受感动,自愿皈依佛门。

从此修道者纷至沓来,天台山翠屏岩白云飘飘,草木迎人,虎往鹿行,鸟飞虫鸣,最终发展成佛窟学禅派。

禅师一坐四十年,这与浮躁的现代人相比,是多么的不可思议。在禅师的眼中山河大地,狼虫虎豹,皆为朋友,不为别的,只是为了净心修行。可现在的我们又有多少人能静下心来认认真真地做些事情?与禅师相比,我们是不是少了很多耐心和恒心?

磨砖与成佛

马祖道一禅师曾是南岳怀让禅师的弟子，他出家前随父亲学做簸箕，后来父亲嫌这个行当没出息，于是把儿子送到了南岳般若寺怀让禅师处学习禅道。在般若寺修行期间，马祖整天盘腿静坐，冥思苦想，希望有一天能修成正果。

有一次，怀让禅师路过禅房，看见马祖坐在那里面无表情，神情专注，便上前问道："你这样是在做么？"

马祖答道："我在参禅打坐，这样才能修炼成佛。"怀让禅师没有言语。

第二天早上，马祖吃完斋饭准备回禅房继续打坐，忽然看见怀让禅师神情专注地在井边石头上磨些什么，他便走过去问道："禅师，你在做什么呀？"

怀让禅师答道："我在磨砖呀！"

马祖又问："磨砖做什么呀？"

怀让禅师说："我想把它磨成一面镜子。"

马祖一愣说："磨成一面镜子？这怎么可能呢？砖本身没有光亮，就算你磨得再平，它也不会成为镜子的，你不要在这上面浪费时间了。"

怀让禅师说："砖不能磨成镜子，那静坐又怎么能够成佛呢？"

马祖顿时开悟："弟子愚昧，请师父明示。"

怀让禅师说道："譬如马在拉车，如果车不走了，你是用鞭子打车，还是打马？参禅打坐也一样，天天这样坐禅，能坐成佛吗？"

佛是靠外在的打坐和内心的感悟共同修成的，如果单纯执著其一是无法成佛的。学习也一样，只是拘于一些表面的形式，而不去开动脑筋认真思考，同样也不会达到预期的效果。

机敏的鱼儿

深禅师和明和尚都是得道高僧，他们常结伴同行云游四方。

这天傍晚，他们来到了淮河边上，看到一位渔夫正在收网，于是驻足观看。夕阳西下，河边洒满了落日的余晖，网中金光闪闪，鱼儿活蹦乱跳，半边江水都被夕阳染成了红色，好一番迷人景象。

然而渔夫看到两位禅师到来却不禁喃喃自语："罪过、罪过，在师父们面前做这种活儿，我真是心中有愧。"

明和尚闭目合掌道："俗家人也要养家糊口，生活所迫，何罪之有？阿弥陀佛！"

渔夫听后，若有所思，不禁放慢了收网速度。忽然，有条鱼儿趁机一跃跳出网外，直入水中。深禅师看在眼里，对明和尚说道："明兄，真机灵啊！它完全像个禅僧。"明和尚对着那泛起涟漪的水面，回答道："虽然死里逃生，还不如当初别撞进网里好。"深禅师笑了起来："明兄，你省悟得还不够哩。"

明和尚百思不解其意，半夜仍在河边徘徊思索。河水闪着幽幽的光静静地向前流去，仿佛明和尚淡淡的思绪一样随时间流逝。是了，是了，他顿悟："那鱼儿进了网里与没进网里，只是外在的区别，其实自性都丝毫没变啊！"明和尚兴冲冲地向深禅师报告自己的心得体会去了。

只有自我是真实的，外界的环境并不能说明什么。凡事要做到"不以物喜，不以己悲"，身处逆境不要怨天尤人，而应保持率真的自我和良好的心态，要不失时机地把握成功的机会。

自傲的隐峰

隐峰师从马祖禅师三年，自以为得道高深，于是有些洋洋得意起来。他备好行装，挺起胸脯，辞别马祖，准备到石头希迁禅师处一试禅道。

马祖禅师看出隐峰有些心浮气傲，决定让他亲自碰一回钉子，从失败中获得经验。临行前特意提醒他："小心啊，石头路滑。"这话一语双关：一是说山高路滑，小心石头绊了栽跟头；实际却是说那石头禅师机锋了得，弄不好就会碰壁。

隐峰却不以为然，扬手而去。他一路兴高采烈，并未栽什么跟头。不禁更加得意了。一到石头禅师处，隐峰就绕着法座走了一圈，并且得意地问道："你的宗旨是什么？"石头连看都不看他而是两眼朝上回答到："苍天！苍天！"（禅师们经常用苍天来表示自性的虚空。）隐峰无话可对，他知道"石头"留厉害了，这才想起马祖说过的话，于是重新回到马祖处。

马祖听了事情的始末，告诉隐峰："你再去问，等他再说'苍天'，你就'嘘嘘'两声。"你石头用"苍天"来代表虚空，到底还有文字，可这"嘘——嘘"两声，不沾文字！真是妙哉！隐峰仿佛得了个法宝。欣然上路。

他这次满怀信心，以为天衣无缝了。他还是同样的动作，问了同样的问题，岂料石头却先朝他"嘘嘘"两声，这让他措手不及。他待在那里，不得其解。怎么自己还没嘘出声，就被噎了回来！

这次他没有了当初的傲慢，丧气而归。他毕恭毕敬地站在马祖而前，听从教诲。马祖点着他的脑门："我早就对你说过：'石头路滑'嘛！"

"谦虚使人进步，骄傲使人落后"，这是再简单不过的道理。人外有人，天外有天。做事应当谦虚认真，不要满足于现状；学习要深入细致，不能心浮气躁。

你点哪个心

德山禅师是中原人，本姓周。他自幼熟读经律，精通金刚，尤其对青龙疏钞很有研究，他常向众人讲解金刚经，因此时人都称之为周金刚。

他听说南方禅风很盛，大有超越中原之势，便大为不满地说："我学道多年，不知走了多少里路，翻烂了多少本书，才能称得上得道高僧，这帮南方小喽啰也配谈佛？我决定去会一会他们。"于是他挑着青龙疏钞，从中原直奔南方而去。

有一天他遇到一个老太婆在树下卖饼子，于是便放下了担子，上前买饼。老太婆见他挑了一担子书，便问："你挑的是些什么书啊？"

"青龙疏钞。"德山得意地答道。

"是讲哪一部经的？"老太太接着问。

德山回答："金刚经。"

老太婆见他读过经书，便有意考他："我有一个问题，如果你答得出来，我免费供给你点心；否则，你只好饿肚皮啦！"德山一口答应。

于是老太婆便说："金刚经中曾说：'过去心不可得，现在心不可得，未来心不可得。'不知你要点的是那个心。"德山没想到老太太会问出这样的话来，一时哑口无言，只得饿着肚子去龙潭了。

一进大门，德山就大叫起来："我早就向往龙潭，可是到了这里，原来是空空如也，潭也不见，龙也不现。"龙潭禅师听到后，走出来对他说："你已经见到龙潭了。"德山想到那卖点心的老太太，早已羞得无地自容。

禅不是靠熟读一两本经书就能悟得到的，学习也一样，需要我们用心去体会。如果只是死读书，读死书，个人的修养与学识肯定不能得到质的飞跃。

香林开示

香林澄远禅师把悟得禅理、求得解脱看做是识见自性。

有一天他在法堂上对弟子们说："你们都是顶天立地的汉子，是否识得自性？不妨站出来说说看。"众人面面相觑，无人回答。

禅师说："既然不识自性，即便走南闯北，云游四方，也不过是行尸走肉而已。平常你们在衣食住行之间就没有悟到什么是自性？"众弟子还是默不作声。

禅师见依然无人回答，便继续说："你们整日高谈，自性始终不生不灭；亦无高下丑恶之分，可知自性究竟在何方？如果你们知其下落，也就知道了诸佛解脱之法门。如此一来就会悟道见性，知道自己乃是生命之唯一主人，就能始终不疑虑，言行理直气壮，任何人都对你奈何不得。好比买田必得契约。无契约则田地不能归属于你。无凭无据，田地终究被人夺去。所以参禅学法亦是如此，必定要有自在之心。你们谁有契约？拿来我看。"

说完注视着众僧，依然无人做答。香林又继续说下去："不了解自性，即使学会各种理论，滔滔不绝，口若悬河，也不过是鹦鹉学舌，亦步亦趋。"

修行学禅，要知其精髓，得其根本，方能悟道见性。工作学习也应当抓住根本，得其要领。不要仅仅看到空洞的理论，更重要的是要掌握应用和实践理论的方法。

敬钟如佛

有一天，奇山禅师清晨起来，听到一阵阵悠扬的钟声。

禅师侧耳聆听，感觉心旷神怡，待钟声一停，他忙召唤侍者问道："清晨敲钟之人是谁？"

侍者回答："是一个刚来的小沙弥。"

于是奇山禅师就把小沙弥叫来，问他："你今天早晨是以什么样的心情在敲钟呢？"

沙弥不知禅师想要问他什么，怯怯地回答道："没有什么特别的心情！只是尽职敲钟而已。"

奇山禅师不相信，于是紧追不舍："恐怕不是吧？因为我今天早晨听到的钟声非常清脆而响亮，那是心诚意正之人才能敲打出的声音。请问你在打钟时，心里想的是什么？"

沙弥想了想回答道："禅师，其实我当时也没有刻意想什么，只是在我尚未出家参学时，家父时常告诫我，打钟的时候心要虔诚，应该想到钟也是佛，要敬钟如佛，用入定的禅心来司钟。"

奇山禅师听了感觉非常欣慰，又鼓励他说："以后处理任何事务，都要保持今天早晨敲钟的禅心。"

小沙弥把禅师的开示谨记在心。从此他做任何事情都保持着司钟时的禅心，后来终于成为著名的禅师。

一滴水可以折射出太阳的光辉。重要的不是事情的大小，而是做事的态度，做小事不认真的人，你能期望他把大事做好吗？这就是当下那句名言所说的："态度决定一切。"

不作不食

百丈怀海禅师是著名的禅师，他不仅勤于修禅，而且勤于劳作，至死不惰，这在佛门中传为佳话。

弟子们心疼师父，见师父年过八旬，还日日耕作，实在于心不忍，就劝师父休息。但百丈禅师怎么也不肯休息，耕作就好像他参禅打坐一样每日必不可少。

这天，弟子们聚在一起商讨，终于想出了一个好办法。他们晚上偷偷地把师父的耕具都藏了起来，放到了师父找不到的地方。弟子们都暗自高兴：这回看师父怎么去耕作！

第二天一早，大家吃过了早餐，都拿着各自的耕具走了，他们谁也没有叫师父一声。百丈禅师看到弟子们都去劳作了，自己也去拿耕具。到了仓库才发现自己的耕具一件也找不到了，他想，肯定是弟子怕他劳累才故意这么做的。这天他没有耕作，也没有去吃饭，一连两天都是如此。弟子们见师父没能去耕作，也不再受累，当然很高兴。但没有见到师父去吃饭，便有些纳闷，猜想或许是耕具被藏了起来而在生他们的气。大家想来想去，只好把师父的耕具又放回了原处。

等到第三天早餐后，弟子们见师父从原处拿了耕具，还笑着对他们说："走，咱们一同去地里耕作。"大家看到师父耕作非常认真，劲头也很大，好像在弥补过去两天的劳作，他们都非常心疼，后悔不该藏了师父的耕具。

午餐时，百丈禅师对弟子们说了两句话："一日不作，一日不食。"言词虽然简单，但通过百丈禅师言传身教，弟子们都开悟了。

"一日不作，一日不食"。这是发自内心的自省，可我们的生活当中又有多少身心懒惰，渴望不劳而获者呢？其实，勤奋是你成功的最重要法宝！

智常斩蛇

有一个学僧久闻智常禅师道风高尚，于是不远千里前来参学。

这天，学僧与智常禅师正在山坡上锄草，突然草丛中跑出一条蛇来，禅师举起锄头便砍。学僧看到后，上前阻拦说："我一直非常仰慕禅师慈悲的道风，谁知到了这里，却看见一个粗鲁的俗人。"

智常禅师喝道："像你这么说话，是你粗，还是我粗？"

学僧争辩道："什么叫我粗？"

智常禅师放下锄头，没有答话。

学僧又问："照你那么说，那什么又是细？"

禅师再举起锄头，作斩蛇姿势。

学僧不明白智常禅师的意思，道："您说的粗细。让人无法理解！"

智常禅师反问道："我们先不管什么粗细，请问你在什么时候看见我斩蛇了？"

学僧理直气壮地道："刚才！"

智常禅师责问道："你'刚才'看不到自己，却来看我斩蛇做什么？"

此言一出学僧顿有所悟。

其实，智常禅师是在教导学僧不要停留在日常的见闻知觉上，参禅学道首先要超越常理，认清自我。

我们常常报怨世事不合情理，埋怨别人不遵守社会公德，自己随地吐痰却满不在乎。此时又何曾清醒地认识过自己呢？要想获得个人行为上的突破，我们首先要做的是关照自身。

东坡打赌

大学士苏东坡和禅师佛印是一对好友，他们经常在一起参禅论道，谈论佛法。

这天，佛印禅师照例登堂讲法。他已事先通知了苏东坡，可苏东坡路上碰到了妹夫秦少游，耽搁了一些时辰，等到他赶到法堂时已经没有座位了。他只好东张西望寻找坐处，不知不觉就找到了佛印禅师的法坛下面。佛印看他东张西望的样子，就知道他在寻找座位。于是对他说："老弟，你来晚了，人都坐满了，这里没有你的位置了。"言外之意是说他贻误时机，不配参禅听法。

苏东坡听后针锋相对："这里没有座位，那我就以禅师四大五蕴的身体为座吧！"

佛印说："如果你能回答出我的一个问题，我就把身体给你当座位。如果回答不出。你就得把腰间的玉带留给本座。"

苏东坡想都不想就非常爽快地答应了。只听佛印说道："我的四大本空，五蕴非有，请问学士你要坐在哪里？"

苏东坡听后，支支吾吾半天也没有回答上来，只得解下腰间玉带给了佛印禅师。

为人处世要保持谦逊的作风，三思而后行，考虑成熟后再开展自己的计划。这样将能减少无谓的付出和不必要的烦恼。

道是平常心

赵州禅师本姓郝，原是山东曹州人氏。他有心向佛，于是决定出家，到安徽池州拜南泉为师。这天他来到南泉住处，见南泉正仰卧在床上闭目养神，他便静立在一旁恭候。

南泉一觉醒来看到身边立着个小伙子，便问："你从何方而来？"

赵州回答："从瑞像佛院来。"

南泉又问："你可曾看到瑞像吗？"

赵州回答："我没有看到瑞像，只看到躺着的如来。"

听了这话，南泉很是吃惊，便坐起来问道："你有何方高人教导？"

赵州没有回答，只是躬身向南泉施礼说："天气寒冷，望师父保重。"说完便要离去，南泉看到孺子可教，于是拉他进了内室。

没等南泉开口，赵州先问："道是什么？"

南泉坦然答到："道是平常心！"

赵州再问："有何方法可以达到它呢？"

南泉答到："当你有'要达到'的念头时，就有所偏差了。"

赵州又问："如果没有意念，又能如何见道呢？"

南泉说："道不在于知与不知，知是妄觉，不知是麻木。真正的大道就如同空空宇宙，缈如烟海，外在的是非观念又怎能约束它呢？"听了这些，赵州顿悟，决定剃度修行。

道是平常心，介于知与不知之间，无欲无念才能体会道的博大与精深，因此，凡事要顺其自然，为人要平静淡泊。

命在何处

有一次，达观禅师对李端愿说："诸佛讯从无中说有，在无意义的空虚人生中找出了生命的意义，从而获得了解脱。世间万物均为烦恼所缚，因此，想在现世的生命意义中寻求未来不死的灵魂，如同水中捞月，只有真正了却自心，方可无惑。"

李端愿问道:"心如何了却呢?"

"无论善恶是非、得失成败,都别去想,别去计较。"

李端愿追问:"如果不想,怎么知道心在哪里?"

"凡事多往好处想,少往坏处去,积极向上用心体会。你就会发现心与生命的融合了。"

"那么,人死了之后,心在何处?"

"不知生,又如何知死?"

"我已经找到了自己的生命。"

"你的生命从何而来?"

"这……"李端愿一脸茫然。

达观禅师伸手趁机在李端愿胸前一抓,道:"就在你这里!还往哪里想?"

李端愿吓了一跳,蓦然领悟:"我知道了,我知道了!"

人生在世不要过多计较成败得失,掌命是虚无而又短暂的,放下心中的不快,把握好现时的人生,去安心体会生命的意义。

拿掉颈上的铁枷

云门禅师是浙江人,他35岁那年,经睦州的介绍去参拜著名的雪峰禅师。

这天他来到雪峰所在的大山下,并没有直接上山,而是坐在一块大石头上在等什么。

这时来了一个小和尚挑着水正准备上山,云门便走上前去对那和尚说:"你是不是要上山去?"小和尚点头应答。"那请你为我带几句话给雪峰吧,不过你一定不要说出是我让你说的。"小和尚答应了,于是他便说:"你到了寺里,第二天一早等大家集合完毕,方丈开始讲法时,你便出来站在他面前说:'可怜的老家伙,你怎么不拿掉你颈上的铁枷?'"

第二天等到雪峰刚要讲法时,小和尚突然说出了云门教给他的那些话。雪峰一听愣住了,他知道小和尚没有这么高的悟性,讲不出这样的话来,于是便跑过去抓住小和尚的衣领道:"快说!快说!这是谁告诉你的?"

小和尚一边挣扎一边辩解,死活不说是谁告诉他的。雪峰见状便叫侍者拿绳子来捆他,他吓得浑身哆嗦,只好坦白说:"是山下的一个和尚教我说的,他不让我告诉你们是他说的。"雪峰听罢便对众人说:"你们的导师来了,赶快下山去迎接吧!"于是众僧一起下山去迎接云门。

云门来到寺里,雪峰一见到他便说:"你为什么来这里?"云门低头不语,意思是别无所求。从那时起，二人便心心相印，默契配合。云门与雪峰切磋禅道，交互讲法，二人都在禅法上获得了极大地提高。

有形的枷锁并不可怕，也不难去掉，关键是心灵上的枷锁。有形的枷锁没有多少人戴，但又有多少人在忍受着心灵上无形枷锁的煎熬呢？去掉它吧！你会感觉无比轻松。

成佛还是成魔

从悦禅师是江西人氏，他经常云游四方，讨教禅道。

这天他来到清素禅师之处，亲自登门拜访这位功德很高的禅师。见到清素后，他拿出随行带来的荔枝说道："长老！这是我从家乡带来的土特产，请你吃几个！"

清素很高兴地接过荔枝，感慨地说："自从先师圆寂以来，我还是第一次吃这种水果。"从悦谨慎地问道："长老先师是哪位大德？"

清素长叹一声道："慈明禅师，我在他座下曾侍奉十三年呐！"

从悦听后十分惊讶："十三年来你甘愿担当此种差事，旨定受益匪浅，最后也一定获得他的真传了。"说完，就把带来的荔枝全部给了清素长老。

清素十分感激，深情说道："我们身为出家之人，谨记先师遗言，在道不许外传。如今看你如此虔诚，为这荔枝之缘，我破例传授于你。"从悦喜出望外，洗耳恭听。

"请把你的修禅心得告诉我！"清素说道。从悦一一如实禀告。

清素听后开示他道："世界是佛、魔共存的。放下时你要成佛，不要成魔。"从悦禅师领悟了大道。

清素禅师又说："我今天为你点破，你便获得大自在，但切不可说是我传授与你，你有你自己的老师！"从悦点头称是。

佛是为人，魔是为己。虽事事皆为人者未必成佛，但事事皆为己者必定成魔。修行者与人为善，具备一颗佛心，谁又会不去称赞他的善良呢？

给我眼珠

一天云岩禅师正坐在房中禅定。这时徒弟洞山推门进来向师父说道："师父！我想跟您要一样东西，不知您能否答应。"

云岩禅师问道："你究竟要些什么呀？这么神神秘秘！"

洞山见师父一脸认真，于是实话实说道："我想要你的眼珠。"

"要我的眼珠?"云岩有些纳闷,"那你自己的眼珠哪里去了?"云岩问他。

洞山不假思索:"我没有眼珠!"

云岩笑了:"如果你有眼珠,你将如何安置?"洞山想了想,没有回答上来。

云岩禅师望了他一眼,非常严肃地说:"你要的眼珠,是属于我的,还是属于你自己的?"

洞山认真答道:"事实上我向您要的不是眼珠。"

云岩禅师更纳闷了:"你不要眼珠。那你要的又是什么,你还是回去吧!"

洞山并不理会,仍然非常诚恳地说道:"我回去可以,只是没有眼珠,我看不清前途。"云岩禅师指了指自己的胸口,说道:"我不是把它给你了吗?怎么还看不到!"

洞山这才大悟,明白了师父的意思,于是回禅房去了。

肉眼只能看到万物的表象,而心眼才能体察宇宙的根本。为人处世,如果心眼不开,要肉眼又有什么用呢?

如何修行

卧轮禅师修行了几年。便自认为已经开悟,于是来到六祖之处想一试禅功。

他见到六祖慧能,便作了一首偈子贴在了六祖门上:"卧轮有伎俩,能断百思想。对境心不起,菩提日日长。"

六祖慧能禅师看到这首偈子后,对徒弟们说:"卧轮还未真正明白佛法真义,如果依此修行,就要死掉了,认为'对境心不起'是功夫好,那是错误的。我们修道是要修成活佛,绝不是修成死佛,变成金木土石,那还是什么佛?不能普度众生,又有什么用?"徒弟们听后似有所悟。

六祖也作了个偈子说:"慧能没伎俩,不断百思想。对境心数起,菩提怎么长?"

徒弟们不解其意,于是请禅师开示,六祖禅师解释说:"所谓有伎俩,就是有功夫,心有所住,就是着在功夫上了,这就是法执,是不行的。思想也用不着断,断了就不能起作用了,如果思想断了,就像一块大石头,那还有什么用?凡事一念不生,同样也不行,所以我说'对境心数起'。就像我们说法,听法一样也要起心动念,虽起心动念而不着相,等于没有起心动念。菩提表明佛之真心,不增不减、不生不灭,即使修炼战佛,也没有增加一分,又如何会有所增长呢?"徒弟们听后恍然大悟。

佛与禅，既出世又入世。并不要求拘于形式，死读经书。佛教主张的四大皆空，清心禁欲，只是修行的方式，并不是修行的目的，否则佛教就失去了它本来的意义——普度众生。

一盆兰花

明云禅师曾在终南山中修行达三十年之久，他平静淡泊，兴趣高雅。不但喜欢参禅悟道，而且也喜爱花草树木，尤其喜爱兰花。寺中前庭后院栽满了各种各样的兰花，这些兰花来自四面八方，全是老禅师年复一年地积聚所得。他茶余饭后、讲经说法之余，都忘不了去看一看他那心爱的兰花。大家都说，兰花就是明云禅师的命根子。

这天明云禅师有事要下山去，临行前当然忘不了嘱托弟子照看他的兰花。弟子也都乐得其事，上午他一盆一盆地认认真真浇水，等到最后轮到那盆兰花中的珍品——君子兰了，弟子更加小心翼翼了，这可是师父的最爱啊！他也许浇了一上午有些累了，越是小心翼翼，手就越不听使唤，水壶滑下来砸在了花盆上，连花盆架也给碰倒了，整盆兰花都摔在了地上。这回可把徒弟给吓坏了，愣在那里不知该怎么办才好，心想：师父回来看到这番景象，肯定会大发雷霆！他越想越害怕。

下午明云禅师回来了，他知道了这件事非但一点也不生气，反而平心静气地安慰弟子道："我之所以栽种兰花，为的是修身养性，并且也为了美化寺院环境，并不是为了生气才种的啊！世间之事一切都是无常的，不要执著于心爱的事物而难以割舍，那不是修禅者的秉性！"

弟子听了师父的一番话，这才放下心来，他对师父的言行敬佩不已，从此更加认真修行禅定。

世间之事风云无常，每时每刻每人每事，都在发生着变化。它们变幻莫测，我们无法阻挡。我们所能做到的就是放宽心境，不以物喜，不以己悲，以一种平常心坐看云起云落。

蛤蜊观音

唐朝的文宗皇帝喜食蛤蜊，文武百官皆下令沿海居民捕捉蛤蜊进贡朝廷。这样一来，御膳房每天大大小小的蛤蜊都能堆成一座小山丘。

这天御厨在烹调时，打开蛤蜊，却见壳内有一硬物酷似一尊观音菩萨，那形象惟妙惟肖。非常庄重。御厨不敢怠慢，立刻让人把这个消息上报给皇上。文宗看到后，也深感惊讶，于是就用宝盒将蛤蜊观音供奉在兴善寺，供人瞻仰。

因为蛤蜊中出现菩萨圣像太过稀奇，唐文宗便在上朝时询问群臣："众卿之中，不知有谁知道蛤蜊内出现菩萨圣像，是何祥瑞之兆？"一位大臣说道："此乃超凡之事，非一般学者能知。在大华山有位药山禅师，深明佛法，圣上如想探究此事，可以去请示禅师。"

药山禅师应诏来到宫中，他对唐文宗说："物无虚应，这是在开启陛下的信心。《法华经》云：以菩萨之身得度者，即现菩萨之身而为说法。今日菩萨现身，乃是为皇上说法！"

文宗道："菩萨虽已现身，但我为何没有听到菩萨说法？"

药山禅师进一步解释道："此蛤蜊之中出现观音圣像，陛下是否相信？"

文宗皇帝道："这种奇事是我亲眼所见，当然相信。"

药山禅师说："陛下既已相信，那菩萨已经为您说法了。"文宗听了似有所悟。

佛是信念，不是神仙。我们不能祈求菩萨开口说话，也无法祈求他的伸手援助，我们所能做的只是内心的自省和觉悟。

银货两讫

南泉禅师是唐朝著名高僧。他在大觉寺讲法时，每次听经人都把法堂挤得水泄不通，这使得好多信徒只能坐在门外听经，于是就有人提议建一座更加宽敞的讲堂，

这天，有一位商人信徒用袋子装了八百两纹银送给南泉禅师，并说明这钱是他自己捐助用来盖讲堂的，南泉禅师听后欣然接受，收下银子就去忙别的事了。

信徒对禅师的这种态度有些不满：好歹这也是八百两纹银，要知道这几乎花了我一年的积蓄，可禅师拿到这笔巨款竟连一个"谢"字都不说。

于是，信徒就紧跟在南泉禅师的后面提醒道："师父！我那袋子里装的可是八百两纹银。""噢！你不是说过了吗？我已经知道了。"南泉禅师漫不经心地回答，说完又去忙别的事情去了。

信徒不由得在后面高声喊道："师父！我捐的可是八百两纹银，数目可不小啊！你怎么连一个谢字都不说呢？"

禅师走过来对他说："你怎么这么啰嗦呢？你捐钱给佛祖，建造法堂，是在为你自己积累功德，为什么还要我跟你说声谢谢？你如果把它当作一种买

卖，我就替佛祖向你说声'谢谢'好了，你把'谢谢'带回家去吧，从此你与佛祖'银货两讫'了！"说完禅师又去忙别的事情了。

信徒愣在那里，一脸茫然。

佛与禅是摒弃功利的，积德行善是不求回报的。如果怀有目的去做好事，那佛的教化与禅的开示还有什么意义呢？

佛陀与金箔

在冬天一个寒冷的夜晚，有一位信徒来找云峰禅师。

他说："禅师！外面寒风刺骨，可我的妻儿却多日未进粒米，他们已经奄奄一息。连日来的霜雪使我旧病复发，我也无法给她们温饱。如果再这样下去，他们都会被冻死、饿死。禅师！请您开恩帮帮我们吧！"

云峰禅师听后非常同情，但是身边既无钱财，又无足够的食物，拿什么帮他们呢？想来想去，想到了用来装饰佛像的金箔。他于是拿出那些金箔对信徒说："你把这些金箔拿去换些钱物应急用吧！"

听到这话，许多弟子都非常惊讶，纷纷抗议道："老师！那些金箔是替佛陀装饰金身用的，您怎么这样轻易地就送给了别人呢？"

云峰禅师听后平静地对众弟子说："我这样做正是因为尊敬佛陀。"

弟子们一时不解其意，愤愤地说道："老师！您这么做还说是为了尊敬佛陀？那我们把佛陀圣像变卖成钱财用来布施，不是更能表达对佛陀的尊敬吗？"

云峰禅师不再辩解，只是说："我重视信仰，我也尊敬佛陀，即使要我下地狱，我也不会后悔这么做！"众弟子还是议论纷纷，没完没了。

云峰禅师于是大声呵斥道："佛陀修道，割肉喂鹰、舍身饲虎都在所不惜，难道他还在乎施舍给信徒的这点金箔吗？"

佛陀不是让人瞻仰和供奉的偶像，而是警示和鞭策世人的神明。如果真正具有佛心，不一定非要对着金身佛像烧香磕头。积德行善就是佛、就是禅、就是修行。

炉中拨火

唐代沩山灵佑禅师，俗姓赵，他很小的时候就出家，曾师从寒山、拾得禅师，他与其弟子仰山共创"沩仰宗"。

沩山禅师最初在百丈怀海禅师门下学禅时，百丈禅师对他说："灵佑，你拨一拨炉中，看看有火没有？"

沩山灵佑拨了拨，回答说："师父，炉中无火。"

百丈禅师于是站起来，走到炉边往下深深地一拨，拨出一点火星，对沩山说："你说没有火，这是什么？"

沩山由此而受到启发，随即施礼谢过师父，并说出了自己的想法。

百丈禅师说："你先前未悟只是暂时的，想要认识佛性的义理，应当认真观察时节的条件和关系，时节到了才能体悟本体心性不在本体之外，所以禅师说：悟了同未悟，无心也无法，本体心性自身就具备。你今天已经有所开悟。"

第二天，沩山随师父百丈上山打柴。百丈禅师问沩山："灵佑，你带火来了吗？"

沩山回答说："师父，我带来了。"

百丈怀海又问："在什么地方呢？"沩山随即拿起一根木柴吹了两下，递给师父。

百丈怀海禅师十分高兴，不仅赞叹他已开悟。

沩山"只因灰火拨开，便见柴头发现。"拨火未见火，深拨见其火，无火亦有火；拾柴吹两吹，无火又生火。

"火"喻比本体心性，原本自己具备，迷时不见，悟时又现。问题的答案往往存在于我们自己的心中，只是我们没有开悟。

鸟粪与佛头

长沙东寺有个老禅师叫如会，他讲授佛法生动有趣，经常把佛理融入事例，从而使深奥的佛理变得浅显易懂。所以每次讲经他的门前都聚满了弟子，以至于挤塌了禅床。因此他的法会有"折床会"的美誉。

湖南观察使崔群久闻其名，一天他领着随从前来拜会。刚一见面，崔群便问："禅师名声远播，不知因为什么而得法？"

当时如会正害眼病，揉眼答道："因识见本性而得。"

崔群平时目空一切，总爱奚落别人。这回他又抓着机会了，于是朝随从们看了一眼，讥讽道："你患有眼疾，又怎么能识见本性呢？"

如会捂着双眼，朗声答道："又不是靠眼睛识见本性，和眼病有什么关系？常人的俗眼不识悟者的法眼啊！"崔群听后不禁脸上一热，只好为自己的傲慢言行向如会道歉。

正在这时，一只山雀突然从外面飞进了大殿，它鸣叫着绕大殿飞了几圈，最后竟然落在了佛像头上拉了一泡屎，然后才转身飞了出去。

崔群趁机问如会："鸟雀也有佛性吗？"

"有。"如会答道。

"那为什么还将粪便拉在佛头之上？"崔群不禁又有些得意起来。

如会扫了他一眼，回答道："你放心，它再怎么也不会站在你的头上拉粪的！"

崔群听后哑然，顿悟了其中的道理。

佛在心中，而不在脸上，佛是有生命有人性的，既然连鸟儿都有佛性，那人与人之间为什么不可以多一些宽容和博爱呢？

寒山与拾得

苏州城外有一座著名古寺，这就是寒山寺，它是为了纪念弟子寒山而立的。

寒山原是浙江天台山国清寺的一位隐士，他既不出家，也不参禅，却整日吟诗作乐，经常搞得食不果腹。为了度日，他于是不得不在饭后到厨房内吃别人剩下的饭菜。当时拾得在国清寺厨房内做事，一来二往他们便成了要好的朋友。这两位朋友无话不说，经常在一起忘情谈笑，以至于寺里的和尚们都以为他们是两个大傻瓜。

这一天，拾得正在大殿前扫地，一位老和尚走过来问他："你的名字叫拾得，这是丰干禅师为你起的，因为你是从山下捡来的！请问你的真实姓名叫什么？"拾得放下扫帚，默默不语，心中无限忧伤。老和尚感到不妙，不敢再问，便走开了。此时寒山也在一边，老和尚一走他便捶胸大叫："天呐天呐！"拾得听后便问："你在喊什么？"寒山答："你没听说过吗？'东家死人，阳家吊丧'。"说完，二人大笑，手舞足蹈走出寺门。

国清寺每月都要集合在一起念经，寒山拾得也经常跟随其中。正当大家刚念完一段时，拾得突然说："像你们这样月月念，天天念，究竟能念出些什么呢？"住持听后大骂他一顿。站在一旁的寒山却说："我听说：不怒就是持戒，心净才是出家。你怎么能出口伤人，我们的自性都和你一样，只不过没有进行修炼罢了。"

拾得为了表达对寒山的感情，曾赋诗一首道："从来是拾得，不是偶然称；别无亲眷属，寒山是吾兄；两人心相似，谁能徇俗情？若问年多少，黄河几度清！"寒山则赋诗说："去年春鸟鸣，此时念吾兄。今年秋菊烂，此时思发生。绿水干肠咽，黄云四面平。哀哉百年内，肠断忆咸京。"可见寒山拾得手足情深，非同一般。

林肯曾经说过：人生最宝贵的东西，就是他同别人的友谊。人生在世，"亲情、爱情、友情"缺一不可。在你坐享亲情、守望爱情的同时，是否忽视了你同他人的友情呢？

出门在外心情不好

唐开元年间有位梦窗禅师，他德高望重，既是有名的禅师，也是当朝国师。

有一次他搭船渡河，渡船刚要离岸，这时远处来了一位骑马佩刀的大将军，大声喊道："等一等，等一等，载我过去！"他一边说一边把马拴在岸边，拿了鞭子朝水边走来。

船上的人纷纷说道："船已开行，不能回头了，干脆让他等下一回吧。"船夫也大声回答他："请等下一回吧！"将军非常失望，急得在水边团团转。

这时坐在船头的梦窗国师对船夫说道："船家，这船离岸还没有多远，你就行个方便，掉过船头载他过河吧！"船夫看到是一位气度不凡的出家师父开口求情，只好把船开了回去，让那位将军上了船。

将军上船以后就四处寻找座位，无奈座位已满，这时他看到了坐在船头的梦窗国师，于是拿起鞭子就打，嘴里还粗野地骂道："老和尚！走开点，快把座位让给我！难道你没看见本大爷上船？"没想到这一鞭子下来正好打在梦窗国师头上，鲜血顺着脸颊汩汩地流了下来，国师一言不发地把座位让给了那位蛮横的将军。

这一切大家都看在了眼里，心里是既害怕将军的蛮横，又为国师的遭遇感到不平，纷纷窃窃私语：将军真是忘恩负义，禅师请求船夫回去载他，他还抢禅师的位子并且打了他。将军从大家的议论中，似乎明白了什么。他心里非常惭愧，不免心生悔意，但身为将军却拉不下脸面，不好意思认错。

不一会船到了对岸，大家都下了船。梦窗国师默默地走到水边，慢慢地洗掉了脸上的血污。那位将军再也忍受下了良心的谴责，上前跪在国师面前忏悔道："禅师，我……真对不起！"梦窗国师心平气和地对他说："不要紧，出门在外难免心情不好。"

"如果有人打了你的左脸，你就把右脸也伸过来给他。"这不是怯懦和退让，而是人性中的宽容和理解。我们无法效仿国师，但是生活中多一些起码的宽容和尊重，那又会是什么样子呢？

虔诚的心

从前有一个名叫光藏的青年。未学佛前，一心想成为佛像雕刻家，便特意去拜访东云禅师，希望能得到禅师指点，在雕刻方面有所成就。

东云禅师见了他以后，一言不发，只叫他去井边汲水。当东云看到光藏汲水的动作后，突然开口大骂，并赶他离开。因为当时正值黄昏，其他弟子看到这种情形，颇为同情，就恳求师父留光藏在寺中住一宿，让他明天再走。

到了三更半夜，光藏被叫醒，并被带去见东云禅师。禅师以温和的口气对他说："也许你不知道我骂你的原因，我现在告诉你，佛像是被人膜拜的，所以对被参拜的佛像，雕刻的人要有虔诚的心，才能雕塑出庄严的佛像。白天我看你汲水时，水都溢到桶外，虽是少量的水，但那都是上天赐予的。而你却毫不在乎。像这样不知珍惜且轻易浪费的人，怎么能够雕刻佛像呢？"

光藏对此训示，颇为感动而钦敬不已，并在深加反省后，终于入门为弟子，佛像的雕刻技艺也独树一帜！

"虔诚的心"就是敬业精神，对待我们的每一份工作，都应抱以最诚实和敬业的态度。唯有这样，才能取得事业上的成就。

僧抱秀女

坦山和尚天赋聪明而且勤奋好学，他虽然年纪轻轻，但悟道颇深，常常做出一些令人意想不到的举动来，事后却又能让他人深受启发。

一天，坦山和尚准备拜访一位他仰慕已久的高僧，高僧是几百里外一座寺庙的住持。早上，天空阴沉沉的，远处还不时传来阵阵雷声。跟随坦山一同出门的小和尚犹豫了，轻声说："快下大雨了，还是等雨停后再走吧。"坦山连头都不抬，拿着伞就跨出了门，边走边说："出家人怕什么风雨。"

小和尚没有办法，只好紧随其后。两人才走了半里山路，瓢泼大雨便倾盆而下。雨越下越大，风越刮越猛，坦山和小和尚合撑着伞，顶风冒雨，相互搀扶着，深一脚浅一脚艰难地行进着，半天也没遇上一个人。

前面的道路越走越泥泞。几次小和尚都差点滑倒。幸亏坦山及时拉住他。走着走着，小和尚突然站住了，两眼愣愣地看着前方，好像被人施了定身法似的。坦山顺着他的目光望去，只见不远处的路边站着一位年轻的姑娘。在这样大雨滂沱的荒郊野外出现一位妙龄秀女，难怪小和尚吃惊发呆！

这真是位难得一见的美女，圆圆的瓜子脸上两道弯弯的黛眉，长着一对晶莹闪亮的大眼睛，挺直的鼻梁下是一张鲜红欲滴的樱桃小口，一头秀发好似瀑布披在腰间。然而她此刻秀眉微蹙，面有难色。原来她穿着一身崭新绸布的衣裙，脚下却是一片泥潭，她生怕跨过去弄脏了衣服，正在那里犯愁呢。

坦山大步走上前去："姑娘，我来帮你。"说完，他伸出双臂，将姑娘抱过了那片泥潭。

以后一路行来，小和尚一直闷闷不乐地跟在坦山身后走着。一句话也不说，也不要他搀扶了。

傍晚时分，雨终于停了，天边露出了一抹淡淡的晚霞，坦山和小和尚找到一个小客栈投宿。直到吃完饭，坦山洗脚准备上床休息时，小和尚终于忍不住开口说话了："我们出家人应当不杀生、不偷盗、不淫邪、不妄语、不饮酒，尤其是不能接近年轻貌美的女子，您怎么可以抱着她呢？"

"谁？哪个女子？"坦山愣了愣，然后微笑了，"噢，原来你是说我们路上遇到的女子。我可是早就把她放下了，难道你还一直抱着她吗？"

放下再放下，这就是排除烦恼、排除忧愁、立身处世的最有效办法。

自己射自己

唐朝时在江西有一位猎人，他非常喜欢打猎，但却厌恶出家人。

有一次，他追赶一只小鹿，小鹿为了逃命，慌不择路，竟然跑到了马祖道一禅师的禅院里。猎人直奔禅院而来。正好碰到马祖禅师在寺院门口，那人下马问马祖道一禅师："师父，有没有看见一只小鹿从这里经过？"

马祖道一禅师反问："你是什么人？为何追一只小鹿？"

那人回答："我是猎人。"

马祖禅师一听来了兴趣，接着又问："那你一定懂得箭术？"

猎人很自豪地回答："当然懂得。"

"那你一箭能射中几只鹿？"马祖问。

那人回答说："一箭就射一只"

马祖禅师说："那你不懂得射箭术！"

那人愣了，有些莫名其妙，不服气地问道："难道大师也懂得射箭术？"

马祖道一禅师反问他："你不相信吗？"

"不敢，不敢，"那人有些纳闷，"请问大师一箭射几只鹿？"

马祖道一禅师平静地回答："我一箭能射一群。"

那人有些惊讶："它们都有生命，大师何必非要一箭射一群呢？"

马祖道一禅师反问道："射一只是射，射一群也是射，都有生命，有什么不同呢？"猎人无言以对。

马祖禅师接着说道："你既然知道它们都是有生命的，你为什么只知道射它，而不自己射自己呢？"

猎人听后不禁出了一身冷汗，诚惶诚恐地说："大师叫我自己射自己。我怎么下得了手呢？"

马祖禅师说："你已被困惑很久，今天是该觉悟的时候了。"猎人听后，立即丢弓折箭，拔刀削发，跪在马祖道一禅师面前，决心皈依佛门。

老吾老，以及人之老；幼吾幼，以及人之幼。世间万物皆为生灵，何况一只逃命的小鹿？与"爱惜飞蛾纱罩灯"的佛家相比，我们多给小动物们一些关爱，其实也就是多给人间一些关爱。

一念心开

唐朝有一个叫法达的僧人，他很小就出家了。他自幼喜爱经书，曾读了30多部经书，尤其是《法华经》，几乎能倒背如流。

长大之后他来参见六祖慧能，因为以为读了很多佛经，很是自负，见了慧能也不施礼。慧能并不在意，而是很严肃地告诉他即使读了万部经书，能得其经意，这也没有什么值得骄傲的。

接着慧能问他："你念《法华经》，以什么为宗？"

法达回答说："只是照经上的文字诵读，并不知道什么宗趣。"

慧能说："我不识字，你可把经书中文字念一遍，我为你解说其意。"

法达随即高声诵经。当读到"譬喻品"时，慧能急忙打断法达的诵读，开示道："这部经原来是以因缘出世为宗，不管它说多少譬喻，都没有超出于此。经上说：诸佛世尊，惟以一大事因缘故出现于世。一大事者，佛之知见也。世人外迷着相，内迷着空。若能于相离相，于空离空，即是内外不迷。若悟此法，一念心开，是为开佛知见。"

法达听后言下大悟。法达只知执迷于文字，而不知求解其意，尽管阅读了那么多的佛教经典，却不能明白其宗旨，这就是禅家经常所说：纵然阅得一大藏教经意，而未能体悟涅槃的妙心，也是枉然。在慧能再三开示下，法达终于懂得了必须自醒自悟才能打开佛的知见。

读经书如此，读其他书也一样，只知读其文字，而不解其意，读得再多是枉然。

归鸟迷途

在大雁山有一位佛光禅师，他在此修行禅定，研习禅道。佛光禅师很善于讲法，他经常把深奥的法理融入生动的事例中，然后再用简单的诗偈表达出来。

有一次，一位信徒来向他讨教，说："我曾听说：供养百千诸佛，不如供养一无心道人。不知百千诸佛有何过？无心道人又有何德？"

佛光禅师用诗偈作答："一片白云横谷口，几多归鸟尽迷途。"

禅师又解释道："只因多了一片白云，归巢的鸟雀连回家的路都找不到了。因为供养诸佛，心思全在佛上，反而迷失了自己；供养无心道人，却是以无心无念而超越一切。百千诸佛固然无错，可无心道人更能清醒地认识自己。"

信士又问道："既然寺院为清净之地，为何还要打鼓敲木鱼？"

佛光禅师仍用诗偈回答他："直须打出青霄外，免见龙门点头人。"清净的寺院所以敲打木鱼、撞击皮鼓，另有其深义。鱼在水中从不闭眼，所以敲木鱼表示勤奋修炼，永不懈怠；打鼓，是为警示世人，消业增福。

信士又问："在家既能学佛道，何必出家着僧装？"

佛光禅师还是用诗偈作答："孔雀虽有七色身，不如鸿鹄能高飞。"在家修行固然很好，但不如出家更能专心致志；孔雀的颜色虽然好看，却比不上大雁能够高飞千里！

信士听后顿悟了其中的道理。

我们周围充满了机遇和诱惑，所以我们一定要用心把握正确的方向，不要被一些假象所迷惑，从而迷失自己的归途。

禅师捉贼

一天石头禅师有事出远门，晚上投宿在荒山下的一家旅店。

一觉醒来好像听到房内有什么声音，石头禅师以为是旅店主人起来了，就问："是不是天快亮了？"

黑暗中一个声音回答："没有，现在才刚半夜。"

禅师心想：此人半夜能在一片漆黑中摸来摸去，一定是得道高僧，至少也得是个罗汉吧？

于是他又问："你到底是谁呀？"

"是小偷！"没想到对方的回答如此干脆。

石头禅师又说："噢！原来你是小偷。你先后偷过几次啊？"

小偷回答："那可数不清。"

石头禅师接着又问："每偷一次，你能快乐多久？"

小偷说："那要看偷的东西是否值钱！"

"最快乐时能维持多久？"石头禅师打破砂锅问到底。

小偷深叹一口气说："几天而已，过后仍不快乐。"

石头禅师嘲笑道："原来是个鼠贼而已，你为什么不大做一次呢？这样你不就终生快乐了吗？"

小偷一听顿时来了兴趣，反问禅师道："你也做这个？偷过几次？"

石头禅师回答他说："只有一次。"

小偷很好奇，走近禅师问："只有一次够吗？"

石头禅师一脸自豪地说："虽然只有一次，但毕生受用不尽。"

小偷情不自禁，靠近禅师轻声问道："这东西是在哪里偷的？你能教教我吗？"说完就想拜师。

这时禅师突然抓住小偷胸部，大声说道："这个你懂吗？这里才有无穷无尽的宝藏，如果你将一生都奉献给它，你才会受用不尽。懂吗？"

小偷一脸愕然，似有所悟地说："懂……懂……又好像不太懂，不过我从来没有过这种感觉，真是舒服。"

钱财是身外之物，生不带来死不带去，所以依靠钱财获得快乐，终究是不会长久的。真正的宝藏存在于我们的心中，它才是一生中最宝贵的财富。

像驴还是像佛

光涌饱读诗书，聪明伶俐，虽不是出家之人却很喜欢参禅悟道。这天他去拜见久负盛名的仰山禅师。

仰山看到光涌前来，劈头就问："你到这儿来干什么？"

光涌回答："我来看望您老，给您请安！"

仰山就问："既然是来问候我的，那你看到我没有？"

"看到了。"光涌不假思索。

仰山接着又问："你看我像不像驴？"

光涌回答："您不像驴，可是也不像佛！"

仰山接着问他："既不像驴，又不像佛，那像什么呢？"

光涌反问他："为什么您非要像个什么呢？何况这像驴和像佛又有什么区

别呢？至于像什么，随便去想好了。"

仰山禅师听到这里，吃了一惊。这光涌还真是不简单，他虽不是出家之人，却对禅理悟得如此深透。仰山常常用这个话题去考验旁人，被考者不是执著佛相，就是执著世相，或者执著于一个"空"字。像光涌这样无所执著，无所顾虑，不为世俗观念所羁绊，至今还是第一人。

仰山禅师不得不对光涌刮目相看。他不禁赞叹道："我用这个问题来考问别人，十几年来没有一个人的回答让我满意，只有你的回答最为完美。你很了不起，我愿收你为我的真传弟子，把我几十年的修行正果传授与你。"光涌点头答应了，从此他在仰山门下一心修身禅定，最终成佛。

佛与驴都是世俗人眼中的事物，真正成佛之人并不认为自己是佛，在他们的眼中佛与驴是没有差别的。这就是所谓大悟的境界。凡人做事总是脱不了俗套，那又能如何获得大悟呢？

乐观与心态的哲学

乐观是一种生活态度

从前，有一个画家叫尤利乌斯。他是一个非常乐观快乐的人，他总是画快乐的画，把他的乐观心情表现在画中。

然而遗憾的是很少有人能够欣赏他的画，他画的画销路很不好。但是他却从不为此感到沮丧，总能适当地调整好自己的心态，活得很快乐。

一天，有一个朋友建议他买彩票，朋友对他说："你为什么不买彩票呢？只要两马克就能得到很多钱，你就可以再也不用为生计发愁了，做任何你想做的……"

尤利乌斯接受了这位朋友的建议，用两马克去买了一张彩票，幸运的是——他中大奖了。

这位朋友很羡慕他的好运气，开心地去恭喜他，并为他高兴。

尤利乌斯用那一大笔奖金买了一栋大房子，并在房子里面放上一切他喜欢的东西——富丽堂皇的波斯地毯、精致美丽的壁毯、高雅的中国瓷器、典雅的佛罗伦萨家具、美轮美奂的威尼斯水晶灯……

他把一切他以前向往和喜欢的东西都买了下来，把他的新家装饰得美轮美奂。他的朋友见到以后很羡慕，夸赞他的家就像天堂一样美丽。

然而有一天，尤利乌斯在出门前把烟头往地上随手一扔——和他以前住在没有波斯地毯的小屋时一样。他回来的时候却看见火光满天——他的房子已经没有了，里面漂亮的波斯地毯、精致的壁毯、中国的瓷器、佛罗伦萨的家具、威尼斯的水晶灯等等全都没有了，在火海中全都化为灰烬。

他的朋友知道这个消息以后来安慰他，他却问道："我为什么要伤心？"

"你的家没有了啊，你心爱的波斯地毯、中国瓷器都没有了啊！"他的朋友遗憾地说道。

他却笑着说："没什么可伤心的，我只不过是损失了两马克。"

当你和故事中的尤利乌斯遇到同样的事时，你会怎么想？是像他的朋友一样怨天尤人、悲观痛苦，还是像尤利乌斯一样乐观向上？

乐观是一种生活态度，它能帮助我们快乐每一天。发生同样的事时，乐观者会快乐，悲观者会困苦。就好像两个人同时看到杯子里有半杯水，乐观的人会想："太好了，我还有半杯水。"而悲观的人却会认为："真不幸，我只剩半杯水了。"

如果我们从现在起就学习尤利乌斯，在发生事情的时候都往好的一方面去想，生活会美好很多。否则，生活会越来越不幸。

这个世界上没有绝对的幸与不幸，幸福都是相对的，只是看你有没有乐观的态度。

让我们尝试着像尤利乌斯一样，调整自己的心态，让自己每天都快乐一点点，这样慢慢地我们就会找到幸福。

你并没有失去全部

很多人都知道美国 1929～1933 年间经济大萧条，那个时候数以万计的人失业，银行纷纷倒闭，整个美国都笼罩在一片愁云惨雾之中，美国民众的信心也一度委靡不振。

我们故事的主人公也在这场大萧条中遭受了很大的损失。他开的公司在大萧条中受到了很沉重的打击。股市崩盘那天，他忧心忡忡地回到家，什么也不说，什么也不做，就是皱着眉头发呆。

他的太太很担心，就过去问他："亲爱的，你怎么了？"

"我完了，我的公司被法院宣告破产了，就连我们现在住的房子明天也要被查封了，我们什么都没有了，我失去了全部！"他回答道，并且泪如雨下。

他完全被打倒了，全身无力，失去了信心和斗志。

他美丽的妻子却轻轻地捧起他的脸，问道："你的身体也失去了吗？"

"没有！"他不解地看着他的妻子说道，并且暂时停住了流泪。

"你失去我了吗？"妻子一如既往温柔地说道。

"没有！"他坚定地说。

"那你失去孩子们了吗？"妻子再次问道。

"没有！"他回答得很干脆，但是眼睛里充满了疑惑。

"那么，你并没有失去全部，至少你还有我们和你自己。任何人都不能把我们分开，任何人也都不能夺取你已经获得的技能，你并没有失去全部啊！"妻子微笑着对他说道。

他听完之后两眼放光，终于明白了妻子的意思：他还有上天赐予的健康的身体和灵活的头脑，他还有一个支持他的妻子和可爱的孩子，他并没有失去全部！以前的一切都是他白手起家奋斗而来的，既然他以前可以得到成功，那么为什么不能再次获得成功呢？一切只不过是从头再来而已。

　　几年以后，他的新公司再次成为一支不可低估的力量，他的事业再次恢复，他成为人人羡慕的"成功人士"。这一切都源于他妻子当年的几句话，他总喜欢把一句话挂在嘴边，去劝慰那些遭受挫折的人，那句话就是——你并没有失去全部！

　　生活中的某些时候，我们会以为自己已经走到了绝境，但是真的如此吗？很多时候都不见得是。财富、虚荣只是生活中的过眼云烟，不必把那些东西看得太过重要，无论何时，应该像故事中的主人公那样想到——自己并没有失去全部。要记住中国那句老话："山重水复疑无路，柳暗花明又一村。"成功，往往就在绝望之后的那个路口等着你。

　　智者并不关心那些"得不到"和"已失去"的东西，他们只是努力地把握好现在所拥有的东西。

　　要在生活中保持乐观的心态，就算到了看似绝路的地方，也要告诉自己："你并没有失去全部。"

　　生命中，总有些东西是值得珍惜的。

态度在于选择

　　二战中，纳粹分子对犹太人犯下了许多不可饶恕的罪行。当时，许多犹太人被关进集中营，他们没有犯任何罪，只因为他们是犹太人而受到无辜的关押或者残杀，维克托·弗兰克也是其中之一。

　　弗兰克被纳粹分子转送到过各个集中营，其中也包括有名的奥斯威辛。他在那段经历中学会了生存之道，那就是——每天刮胡子。他说："不管你身体有多弱，不管你有没有刮胡刀，就算是用一片破玻璃你都必须保持这个习惯，因为每天早晨当囚犯列队接受检查的时候，那些因生病而不能工作的人就会被挑出来，送入毒气房。假如你刮了胡子，看起来脸色红润一些，你逃过一劫的机会便大大增加了。"

　　在集中营，弗兰克他们干着很重的活，却吃得很少，根本不能得到维持身体所必需的养分。很多犹太人在这样的虐待之下迅速消瘦，身体越来越差，更多的人在日复一日的折磨和恐慌之下失去了生存下去的希望，悲凉地离开人世。

　　但是弗兰克却永远那么乐观。当他和难友们成群结队去干活的时候，他总是在心里思念他可爱的妻子。虽然他们颠簸着前行，虽然他们跌倒在冰上，但是他却和难友们搀扶着前行，手拉着手往前走。对妻子的思念让弗兰克充满勇气，再次和妻子见面、尝到妻子做的饭菜、感受到妻子温馨的关怀成了弗兰克在狱中最大的愿望。

　　他每天都在思考逃走的办法，但是一些同伴却笑话他。他们悲观地认为没有人能从集中营里逃出去。

　　当同伴们笑话他的时候，弗兰克也没有停止思考、更没有沮丧，他仍然乐观地过每一天，并且做着他该做的事——思念自己的妻子，思考逃跑的方法。

　　终于有一天，他成功地逃脱了！他在野外干活时，趁着黄昏收工的时候钻进了大卡车底下，把衣服脱光，趁人不注意爬到了附近一座赤裸的尸山上，完全不顾刺鼻的臭味和令人厌烦的蚊虫，一动不动。他直到入夜后才悄悄起来，趁着夜色狂奔几十公里，到了安全的地方。

　　他的乐观救了他的命！

　　弗兰克的故事告诉我们："这个世界上没有绝望的处境，只有对处境绝望的人。"人们虽然不能选择自己所处的环境，但是却可以选择自己对待生活的态度。

　　弗兰克能从集中营里面逃出，被认为是个奇迹，因为能从集中营里面逃出来的人简直是少之又少。人们习惯于去艳羡别人创造出来的奇迹，然而又有多少人去关注过——那些奇迹是怎么被创造出来的？

　　机会不会白白从天上掉下来，它只会青睐有准备的人。如果弗兰克没有乐观的生活态度，没有逃走的决心，他能从那个人间炼狱里面逃出来吗？弗兰克的乐观让他做好了准备，从而获得了新生，这也就是中国古代所说的"自助者天助之"吧。

　　只有当你在生活中保持乐观的心态，永远不放弃希望时，你才有可能创造奇迹。

只要舌头还在，就足够了

　　先秦时期是我国古代文化发展的高峰期，那个时候百家争鸣、百花齐放，其中诸子百家的思想很多都流传了下来，直到今天人们还在努力研究。"纵横家"也是百家的一种，战国时期涌现出很多著名的纵横家，其中最有作为的便是张仪。

　　张仪曾经与苏秦一起拜鬼谷子为师，研究合纵、连横之术，并且深得鬼谷子真传，不久便出师了。他出师以后就周游列国，希望可以找到欣赏他才能的明主，可以让他的一身本事得以施展，但是很长一段时间之内，他都没有找到可以投靠的明主。

一次，他来到楚国，楚国的丞相并没有像别的国家的丞相一样不问青红皂白就把他赶走，而是把他留在楚国，让他出席贵族之间的聚会，施展他的才华。张仪非常高兴，抓住机会混迹于楚国的贵族界，希望自己可以有机会一展所长。

然而事与愿违，有一天，张仪和楚国令尹昭阳一起喝酒时，令尹昭阳的玉璧丢失了。宾客们觉得张仪穿得很寒酸，而且家境也很贫寒，就怀疑是他偷了玉璧。于是，张仪被人捆绑起来刑讯逼供。

但是张仪很有骨气，不愿意背上这个恶名，不愿为自己没有做过的恶事承担坏名声，于是他咬紧牙关，抵死不认。主人见他没有招供，只好放了他。

张仪受伤以后跌跌撞撞地回到家，妻子看到他的惨状以后十分心疼，就问了他事情的经过。妻子听完张仪的诉说之后很沮丧，一边细心地为他擦洗伤口，一边伤心地对他说："这都怪你一心读书游说，不然哪能遭遇这些苦楚。现在别人都认为你偷了东西，我们在楚国也待不下去了，现在一文钱也没有，以后可怎么办呢？"

张仪为了安慰妻子，便张开嘴巴问妻子："你看我的舌头还在吗？"

妻子不解地说道："舌头还在啊。"

张仪于是笑着说道："只要舌头还在，就足够了。"

后来，张仪果然凭着他的三寸不烂之舌巧施纵横之术，辅助秦国统一了天下，而且他自己也成为纵横家的代表被载入史册。

我们在生活中常常会遇到这样那样的挫折，或者怀才不遇，或者被人误解，或者被人诬陷，或者被人伤害。我们在遇到事情的时候应该像张仪一样相信：只要本领还在，就会获得最后的成功。

我们一定要时刻记得"天生我材必有用"，时刻以乐观的心态去面对人生中的每一件事，只有时刻保持乐观，才能获得最后的成功。

很多时候，不能成功的原因只是缺少了一点点乐观的精神。

卖豆子的人最快乐

在古代西方有这样一种说法："卖豆子的人应该是最快乐的人。"

为什么呢？因为大家认为他们永远不用担心豆子卖不出去。

当豆子没有卖出去的时候，卖豆子的人可以有很多选择：如果豆子被卖完了固然很好，即使豆子没有被卖完，也可以拿回家去磨成豆浆，作为第二天的早点再卖给行人。

如果豆浆还是卖不完，他们也不用担心，还可以把豆浆制成豆腐去卖，一点儿也不会浪费。

即使豆腐卖不了，变硬了，还可以把豆腐制成豆腐干来卖。

而豆腐干再卖不出去的话，也可以再把这些豆腐干腌制起来，做成腐乳来卖。

当然卖豆子的人对于没有卖出去的豆子还可以有另外一种做法：把卖不出去的豆子拿回家，加上些水让豆子发芽，过几天以后就可以卖豆芽了。

如果豆芽没有卖完，没关系，可以在豆芽长大以后卖豆苗。

如果豆苗也没有卖完，没关系，还可以把豆苗移植在花盆中当做盆景卖。

如果盆景还是没有卖掉，也没关系，还可以把它移植到土地中，没过多久，它又会结出许许多多的新豆子，卖豆子的人又可以继续卖豆子了。

瞧，卖豆子的人是多么的快乐啊！

在生活当中，不只是卖豆子的人有很多选择，我们每个人都有许许多多选择的机会。选对了的人往往把那次选择称之为"机遇"，而选错的人则常常感叹自己白白让"机会"在自己手中溜走了。

其实，人生当中可以有许许多多的选择，摆在你面前的路不止一条，就像卖豆子的人一样，你面前的选择不止卖豆子一条，你还可以卖豆浆、卖豆腐、卖豆干、卖豆芽、卖豆苗等。关键是你是否看得见。

所以，遇到事情的时候不要忙着沮丧，要学会乐观地面对生活。当你的豆子没有卖完时，不要急着抱怨今天没有卖完豆子，没有足够的钱可以养家；你可以在豆子没有卖完时用一种乐观的心态来面对：我可以把豆子制成豆浆，或者制成豆芽，我永远都不用担心我的豆子卖不出去。

感谢上帝

玛丽是一个虔诚的教徒，她信奉上帝，每一天都过得很开心。她定期去做礼拜，帮助周围的人，和朋友们相处得很融洽。她是一个温柔而随和的人，朋友们都很喜欢她。

她常常把"哦，感谢上帝"这句话挂在嘴边。

当玛丽在院子里晒太阳的时候，她常常会满足地说："哦，感谢上帝，给我们带来了光，这是多么的温暖，多么的明亮。"

当玛丽和朋友们一起吃东西的时候，她常常会开心地说："哦，感谢上帝，赐予我们食物，让我们不必遭受饥饿。"

朋友们听到她这样的话以后，心里面也会觉得暖暖的，感受到了上帝的恩赐。

当她不小心打翻一盆汤的时候，她也会说："感谢上帝，没有让我受到伤害。"

朋友们听到她的话后会微微一笑，并且也为玛丽感到庆幸。

一天，玛丽约了很多朋友到家里吃饭，为了好好招待朋友们，玛丽亲自下厨做饭。然而不幸的事发生了——玛丽在切菜的时候不小心切到了手。那个切口很深，不一会儿就血流如注了。

朋友们都被吓坏了，七手八脚地帮玛丽清洗、包扎，送玛丽上医院。

朋友们都认为玛丽这次会很沮丧，再也说不出"感谢上帝"的话了。玛丽和她们相比反而显得镇静得多，她微笑着说道："感谢上帝，我的指头还在！"

朋友们都被玛丽的乐观精神折服了。

故事中的玛丽无疑是一个让人忍不住喜欢上的女孩。她是那么的乐观，那么的有感染力。和她这样的人相处，大家都会不知不觉地生出感恩之心，也会变得和她一样热爱生活，用心地享受生命中的阳光和微风这样一些容易被人忽视的东西，使自己的生活变得更美好。

每个人都想有这样一个乐观的朋友：从来不会向你抱怨什么，反而会把一些大多数人认为是沮丧的事情用一种乐观的心态解读给你，使你的生活和心灵都充满阳光。

那么，你有没有想过，把自己变得像玛丽一样乐观、快乐，这样，人人就都想和你成为朋友了。

只要有了乐观的精神，我们也可以像玛丽一样，不仅让自己的生活充满温暖的阳光，而且还照耀其他人。

漂亮的翻身仗

说起脑白金，中国人都知道，我们一打开电视就会被"今年过节不收礼，收礼只收脑白金，脑白金"的广告词狂轰滥炸。这条广告每年都蝉联十差广告之首，而且其他广告基本年年换，但是脑白金的广告却年年都不换。

这条广告让人们记住了脑白金，然而却很少有人去关注脑白金背后的故事。

史玉柱是一个有名的徽商，他的经历充满了传奇色彩。他凭借着自己的努力创建了"巨人集团"，成为当时中国的八大富豪之一，那时他还很年轻，就好像八九点钟的太阳，充满了少年得志的风采。

然而，由于一次失误，巨人集团轰然倒塌了，史玉柱负债2亿元人民币，成为中国的"首贫"。巨大的反差给了他很大的打击。

很多人劝他宣告破产，因为破产之后有些债务就可以不用还了，史玉柱也不用再背负着中国"首贫"的帽子，活得那么辛苦。

然而，史玉柱却没有选择让巨人破产，他乐观地努力着，决定要把债务给还上。

工夫不负有心人，史玉柱在成功地推出脑白金之后，奇迹般地还清了借款。虽然脑白金的广告让人很烦，但是不可否认它让中国人都记住了脑白金，史玉柱也凭此再次翻身了。他的成功再次向我们证明了乐观的巨大作用。

史玉柱的经历无疑是一个传奇。多少人都会在倒下之后没法再站起来，下海开公司以后也会有很多人破产，但是像他这样从无名小卒到八大富豪之一，再从八大富豪之一变成中国"首贫"，然后再次翻身的人真的不多。

试问，当一个人像他那样负债2亿元人民币的时候会做什么？恐怕很多人都活不下去了，君不见，股灾、公司破产之后跳楼的人比比皆是，像他那样坚持不让公司破产、乐观还债的人真的不多。

这就是为什么他能成功地扭转乾坤而别人不能的原因。

每个人最珍贵的东西都莫过于生命，无论何时都不应该放弃自己的生命。在人生中保持乐观的心态，遇到挫折的时候想一想：史玉柱欠了那么多钱都还好好地活着，最后来了个轰轰烈烈的惊天大逆转，我遇到的这点困难算什么呢？

这个世界上，只要有乐观的心态，就没有过不去的坎。

心态影响健康

在美国，有一个心理学家做过一个疑病演示实验，心理学家想通过这个实验研究心理暗示对人的影响。

这个实验需要很多的人手，所以这个心理学家雇用了很多助手来帮助他。

首先，他把他的助手们安插在会议室报告厅内部的不同位置、不同地点，让他们通过休息的时间来接触被实验者，但是事先没有和被实验者打过招呼。而且助手们的服饰和周围一般人的服饰是一样的，没有什么特殊的标志。

然后，实验开始了，第一名助手走过去对被实验者说道："您好，您看起来脸色很不好，是身体不舒服吗？需不需要我的帮助？"被实验者听到这样的问候以后一般都会微笑着摇摇头，表示自己没有什么问题，这样的话对被实验者的影响并不大。

第二个助手走过去对被实验者说道："先生您好，您的脸色很不好，需要喝杯热水吗?"然后把准备好的热水递过去给被实验者。这个时候被实验者会愣一下,然后怀疑自己看起来脸色是不是真的很不好,有的人会接受一杯热水的帮助,有的人不会,但是所有的被实验者心里都会相信自己今天的脸色真的很不好。

再然后,第三个助手会走过去对被实验者说:"先生!让我扶您一下吧,您的样子看上去快要不行了。"这个时候被实验者几乎都被吓蒙了,多数会答应助手们扶他们一把的帮助,然后坐在一旁休息。

之后,第四个助手上前来,对旁边的人喊道:"喂,朋友,快找个地方让他躺下,他看起来快不行了。"这个时候被实验者身体上一般都会有一些不良的反应,他们觉得自己真的病了。

最后,第五个助手也过来,大喊道:"快请医生来,这个人快不行了!"这个时候被实验者已经完全相信自己已经病了,很多人这个时候已经不能自己走路或者站起来了。

然后,大家急急忙忙地把被实验者送到医院里面去检查。

结果,这些被实验者们都相信自己病了,有的还真的在医院里面住院进行治疗。这个实验进行了很多次,每一次都是找30多岁的很健康的人,但是这个实验没有一次是不成功的。

中国古代也有类似的事例,例如"疑心生暗鬼"、"杯弓蛇影",都是因为心理的问题而导致了身体上的疾病。

这说明人的身体结构是很神奇的,心态确实可以影响一个人的身体状况。

如果一个人不乐观,他所得到的不仅仅是情绪低落、委靡不振,而且很有可能会得很严重的疾病。

所以,我们必须使自己每天都保持愉快的心情,只有每天都快乐一点点,才能身体健康、远离疾病。

乐观,不仅是一个人心理上的需求,而且是一个人身体上的需求。

洗涤心灵

哈佛大学一个教授曾经向他的学生们说起他保持乐观心态的方法——洗涤心灵。

他告诉他的学生们他曾有一次向学校请了3个月的假,然后让他的家人和学校的同事、朋友们不要问他到哪里,他会主动和他们联系,然后只身前往美国南部的农村干活。

首先,他到一个农场去打工,经常和工友们谈心,和他们一起分享单纯的快乐。有的时候，在努力地劳动了一天以后喝些热的咖啡、与工友们聊一些简单的生活琐事和开一些玩笑，他觉得很幸福。

但是因为他对于干农活来说是一个"新手"，所以干的活不如别人好。虽然大家都帮助他，教他怎样干活，但是他干活的质量和其他人相比还是有一些差距，所以他经常因此而受到农场主的责骂。

后来，他慢慢适应了农场里的工作节奏，习惯了农场里的生活，这个时候他就会换个新的环境。

然后，他到一个饭店去打工。先是刷盘子，因为他没有经验，所以刷盘子刷得很慢，跟不上饭店里的节奏，满足不了老板和厨师们的要求，因此常常挨骂。而当他很着急，想要赶上大家节奏的时候，又常常会因为匆忙而打碎一些盘子，这样他不仅要受到老板的责骂，而且得从自己不多的工钱里面扣除一部分来赔偿打碎的盘子。

然而幸运的是，他的工友们都很热情，对他很好，白天工作的时候常常帮助他，晚上和他一起出去玩、一起聊天，他很快又交到了一些朋友，而且大家都是真诚的人。

不久，他和工友们混熟了，刷盘子也刷得顺手了，很少再打破盘子，刷盘子的速度也快了，就会在前厅人不够的时候帮忙端端菜之类的，干一些其他的活，他慢慢适应了这个新圈子。

就这样，时间飞快地流逝着，3个月的假期一转眼就到了。

于是，教授辞掉饭店刷盘子的工作，重返校园。这个时候，他的心态调整得相当好。他觉得自己清理完了心里埋藏多年的垃圾，洗涤了心灵，对生活也有了一些全新的认识。

教授说，当你不够乐观，不够积极的时候，你需要换位思考。我在农场和饭店工作，体验了两段不同的人生之后，我很珍惜现在的生活，我觉得现在的生活真的很不错。

人的确常常需要洗涤心灵，清理一下心里的垃圾，这样才能保持乐观的心态。佛语云："身似菩提树，心如明镜台，时时常拂拭，勿使惹尘埃。"

但是一个人在原来的环境中很难做到"洗涤心灵"，还会因为现在的生活而产生诸多的不满，这个时候换位思考或者换个环境生活是很好的办法。换一种环境、换一个心情，才能使自己明白自己原有的生活是多么的美好，从而产生出珍惜生活的乐观心态来。

我们也该学那个聪明教授，时时洗涤自己的心灵，使自己始终保持乐观的心态，每天快乐一点点。

不同心态的过桥人

从前，有4个人结伴出行，要从一个城市走到另外一个城市去，他们分别是一个盲人、一个聋子和两个健全的人。

在路上，他们遇到了一座非常险要的铁锁桥，它连接的是一条大河的两个绝壁，而且这里是去另外一个城市的必经之路，要想去他们目的地的那个城市，就必须过这座铁锁桥。但是这里山高桥险，下面的水流湍急，如果从桥上掉下去绝对没有生还的可能。

面对这样的一座桥，他们4个都很害怕，也很担心，一起停在了桥前面。

这个时候，其中一个健全的人想到："我的身体很健全，既不盲，又不聋，只要我细心一点，一定可以过去的。而且那么多人都过去了，到了那个美好的城市，那我为什么不可以呢？我一定能过去的，不会那么倒霉地掉下去。"

于是，他自告奋勇地先过桥，在剩余3个人的担心下细心地过桥，有惊无险地过了桥。得知他安全到达了桥对面以后，剩下的3个人都舒了一口气。

那个盲人心里想到："我什么都看不到，也就不知道山高桥险，既然不知道危险，那么我过桥的时候就会心平气和，这样就能过河了，过河最重要的就是心平气和。"

于是，盲人第二个过桥，他果然和他想的一样，心平气和地过了桥，成功地到达桥对面，离他们理想的城市又近了一步。

那个聋子想："我什么都听不到，也就听不到下面河水的怒吼和咆哮，这样我就不会有恐惧感，只要我不恐惧，就能心平气利地过桥，我一定能安全地到达桥的对面，最后到达那个我理想中的城市。"

于是，那个聋子第三个过桥，他只是努力往前看，听不到下面河流的怒吼，也就感觉不到恐惧，从而安全地抵达了桥的对面。

最后是另外一个四肢健全的正常人，他非常悲观，一点儿自信都没有，他心里想："这里太危险了，我能过去吗？一掉下去可就尸骨无存了啊！但是他们3个都过去了，我要是不过去就到不了那个城市，而且一个人回头无异于找死，肯定还回不到我们以前住的地方就死在路上了。"

就这样，最后一个人被迫走上了铁锁桥。他过桥的时候非常害怕，时而看看旁边的峭壁，时而看看下面湍急的河水，最后再听到河水疯狂的咆哮，这一连串事件惹得他心烦意乱，最后他失足掉到河里淹死了。

就这样，他们4人中只有3个人过了那条河，到达了他们心目中的理想城市。

他们 3 个人在新的城市里都生活得很幸福。

一个人的心态对他做的事是否能够成功有很大影响，可以说，只有平和乐观的人才能获得成功。

就如故事里面那 4 个人一样，身体的健全与否不是过河的关键，关键是心态，即他们是否能够积极乐观地面对生活中的挑战。只要有了乐观的心态就能获得成功，不论身体上是否有缺陷。

生活中也一样，有缺陷不重要，没有别人的一些条件也不重要，只要有一颗乐观的心，成功就在眼前。

四面楚歌

汉高祖刘邦开创了中国一个光辉灿烂的时代——汉朝，西楚霸王项羽留下了很多流传千古的事迹，他们都是中国历史上的知名人物，

说起刘邦和项羽的楚汉之争，人们应该不会陌生，象棋的棋盘上至今都还画着"楚河汉界"呢。

这里要说的是刘邦打败项羽的心理战——四面楚歌。

话说当时项羽的军队兵强马壮，很不好对付，刘邦如果要和他硬拼还不知道会鹿死谁手。于是，张良根据刘邦的现状为刘邦制订了一套心理战的计划。

首先。张良召集了一大批投降的楚国人，把他们驱赶到项羽的部队所在的营地附近，然后让他们一起唱楚国的歌曲，而且怎么凄惨怎么唱。那些投降的楚国人联想到自己的悲惨生活，都唱得一个比一个惨。

在项羽营地里面的士兵听到这么凄惨的楚歌以后个个都泪流满面，被刘邦和张良的这一计谋勾起了思乡之情，觉得汉军已经攻占了楚地，他们的家乡已经被占领了，他们已经失败了。

项羽听到了四面楚歌以后也非常悲观失望，于是让虞姬和自己一起喝酒，让虞姬给自己跳舞。虞姬觉得项羽快要失败了，不想在项羽逃跑突围的时候拖项羽的后腿，所以就在跳完舞之后自刎了。

项羽看到虞姬死在自己面前悲痛欲绝，决定第二天趁天蒙蒙亮的时候突围。

结果他们突围到乌江边的时候被吓坏了，许多蚂蚁居然在地上排出了几个大字"霸王死于乌江口"。项羽彻底失望了，觉得自己无颜见江东父老，然后自刎于乌江。

就这样，刘邦在不占优势的情况下打败了项羽。

其实哪有什么天意，只不过是张良猜到项羽会退到乌江，所以就用糖水在地上写了这几个字，引来了蚂蚁。

刘邦和张良不愧是著名的军事家，利用心理战术动摇了项羽一方的军心，赢得了战争。其实军心就是每个军人的心态，只要让他们不再乐观，不再有希望，那么离打败他们也就不远了，反之，我们可以看到，乐观对于一个人甚至是一支军队来说是多么的重要啊！

乐观对于一个人来说很重要，没有乐观的心态，一个人很难成功。而所有的团队、军队、国家都是由人来组成的，由此推知，只要一个团队、军队、国家有了乐观的心态就会取得成功，就会立于不败之地。

反之，要想打败别人，只要动摇了对方乐观的心态就可以。刘邦和张良很聪明，他们在两千多年前就看到了这一点，从而通过动摇敌人的军心来赢得战争，实在是心理战的始祖，更是心理战的开拓者。

一个人要想成功，要想立于不败之地，就必须乐观，否则，就离失败不远了。

所以，我们要乐观，让自己每天快乐多一点，这样才能走向成功，远离失败。

晴天和雨天

从前，有一个喜欢自寻烦恼的老太太，她经常为一些莫名其妙的事情烦恼，喜欢杞人忧天，所以过得很不愉快。

她有两个很听话的孩子，他们都有自己的生活和家庭。大儿子开了一个小店，专门卖太阳伞，小儿子也开了一个小店，专门卖雨鞋。

兄弟两个都非常勤奋，靠着自己的收入养活着老太太和自己的小家庭。虽然不是特别富裕，但是日子也还过得去，一家人过得也还行，但唯一不好解决的事就是——老太太每天都很担心，很烦恼，所以身体变得很差。

天晴的时候，老太太很烦，对旁边的人们说："现在天气这么好，那我小儿子的雨鞋怎么卖得出去？唉……他的雨鞋卖不出去他的收入就不好，收入不好铺子就有可能会倒闭，铺子倒闭了家里的人就没有吃的了……"

下雨的时候，老太太也很烦，说："现在的雨下得这么大，我大儿子的太阳伞怎么卖得出去啊？唉……他的太阳伞卖不出去他的收入就不好，收入不好铺子就有可能会倒闭，铺子倒闭了家里的人就没有吃的了……"

两个儿子知道老太太的烦恼，但是也没有办法，不知道怎样才能使老太太开心起来。

有一天，镇里来了一个很聪明的外乡人，他听到兄弟俩的烦恼以后哈哈大笑，对他们说："不用担心，让我去劝劝老太太吧，我保证能让她开心起来。"

于是，那个聪明的外乡人到了老太太的家里，悄悄地对老太太说了一些话，然后老太太就开心起来。

遇到天晴的时候，老太太就开心地说："太好了，今天天气这么好，我大儿子的太阳伞一定会卖得很好。卖得好了就会赚很多钱，赚了很多钱之后我们家的日子就好过了……"

遇到下雨的时候，老太太也开心地说："太好了，今天的雨这么大，我小儿子的雨鞋肯定会卖得很好。卖得好了就会赚很多钱，赚了很多钱之后我们家的日子就好过了……"

于是，无论是天晴还是下雨，老太太的心情都很好。老太太的心情好了，身体也就好了，然后他的两个儿子也就很开心，一家人的日子果然越过越好。

明明是同样的一件事，但是为什么会让老太太有截然不同的两种心情呢？这完全是心态的问题。

我们看完这个故事一笑之后，是不是也该反躬自省一下，看看自己有时候是不是也像故事中那个老太太一样杞人忧天，整天自己和自己过不去？明明是同一个问题，但是自己却偏偏不往好处想，反而让自己处于一种很不利的状态，还影响自己身边的人，让爱自己的人也跟着担心，这样不是很愚蠢吗？

只有在生活中保持乐观的心态，才能让自己过得好，让爱自己的人过得好。

只不过是从头再来

一个船夫正在划船，忽然看到有人在河边投水了。船夫很快跳下水把人救上船，发现跳水自尽的是一个少妇。

船夫把少妇救上岸之后，少妇哭哭啼啼地还要自尽，于是船夫就问她："你为什么要自尽啊？"

少妇向船夫哭诉道："两年前我嫁了人，开始的时候我丈夫对我还挺好，我们也很恩爱，有了一个很可爱的孩子，可是后来他喜欢上了别人，还抛下我与孩子，和别人一起跑了。我含辛茹苦地拉扯孩子，可是前两天我的孩子居然得了疾病，我带着他四处求医，可是还是没有治好他。他就这么去了，只有一岁多啊，我可怎么办呢？我现在没有丈夫，就连唯一的孩子也没有了，怎么办啊？我不活了……呜呜呜……"

船夫听了少妇的故事之后也为少妇的处境感到悲哀，但是他却不忍心看着少妇投水自尽，于是绞尽脑汁想着该怎么劝她，忽然，船夫灵机一动，对少妇说："两年前的时候你在干什么呢？"

少妇愣了一下，然后说道："我那个时候还在家里，和爸爸妈妈哥哥姐姐弟弟妹妹生活在一起，虽然家里的收入不多，但是我们一家人过得很开心。"

船夫又问："那个时候你认识你的丈夫吗？"

少妇回答说："没有，那个时候我们还没有见过面，我还不认识他。"

船夫继续问道："那个时候你有儿子吗？"

少妇听到这个问题以后吃了一惊，然后说道："怎么可能会有呢，那个时候我都还没有结婚啊！"

听了少妇的回答以后，船夫哈哈大笑，然后说道："那你有什么可悲伤的呢？两年以前你不认识你的丈夫，而且也没有儿子，那个时候你是多么的开心啊，现在你只不过是回到了两年前的处境而已，有什么可以烦恼的呢，你只不过是从头再来啊！"

少妇听到以后止住了哭泣，也没有了求死的想法，她安心地想到："其实真的没有什么可伤心的，只不过是从头再来而已！"

于是，船夫把少妇送到岸边，少妇拜谢了船夫的救命之恩，然后回家收拾东西，开始自己的新生活。

人们在生活中常常会遇到一些困难，有些人走不出这个困境，就会钻牛角尖，想不开，走上绝路。

其实，只要在他们走上绝路之前有人开导他们一下，或者他们自己灵光一闪想到了另外一条路，他们的生活就会完全不同。

那个船夫是明智的，他用乐观的心态去引导少妇，让她往好的方面想，让她明白自己的处境并不是很糟糕，从而使其有了活下去的信心。

乐观的心态有的时候不但可以自救，而且可以拯救别人。

只要我们每天快乐多一点，只要我们每天给别人多一点快乐，这个世界就会减少很多悲剧，增添许多欢乐。

宽容与忍让的哲学

佛印大肚能装佛

大才子苏轼有很多好友，比如黄庭坚、佛印和尚、秦少游等。据传说，他与朋友之间经常发生一些很有趣的事。

有一天，苏轼想逗佛印和尚玩，于是问他道："佛印，你看我像什么？"

佛印看了很久之后，对苏轼说道："我看你像一尊佛。"

苏轼听到了佛印的回答之后哈哈大笑，暗爽不已，然后笑着问佛印道："你知不知道我看你像什么？"

佛印知道苏轼又要整人了，于是笑着说道："我不知道。"

苏轼笑着说道："我看你像一堆屎。"

佛印和尚听到以后并没有生气，只是宽容地对苏轼笑了笑。

回到家以后，苏轼越想就越开心，就把这件事告诉了自己的妹妹。他的妹妹苏小妹也是一个才女，不仅才思敏捷，而且很机灵，常常帮助苏轼化解难题。

苏小妹听了这个故事以后笑了，对苏轼说道："哥哥，这次你可亏大了。因为一个人心中有什么，外在就会看到什么。佛印把你看成一尊佛，说明他心中有佛，但是你却把他看成是一堆屎，不是说明了你心中正装着一堆屎吗？"

苏轼听完之后一愣，继而哈哈大笑，觉得自己亏大了。

我们佩服佛印和尚的气度，苏轼那样说他他也不生气，就这么不动声色地让苏大学士吃了一个暗亏。他的宽容让苏轼更敬重他，也让我们更加敬重他。

我们也很佩服苏轼的气度，他性格活泼，喜欢开玩笑，但是他在吃了亏时不生气，没有在心中记恨佛印和尚，反而开怀一笑。

也只有他们那样豁达的人才能彼此相知，成为知己吧！

在生活中，对很多事情是不用那么认真的，有的时候，人需要莞尔一笑，这样才能拥有更多美好的东西。

只有像佛印和苏轼那样，凡事都宽容一些，才能活得开心！

宰相肚里能撑船

　　吕端是宋朝的一个名人，在很年轻的时候就被宋太宗任命为副宰相。很多人都不服气，常常在私下里议论他。

　　他列席早朝例会的时候，有人在他后面出声讽刺道："哼，这个人这么年轻就当了副宰相，会有什么才能呢？"

　　当时朝廷上很多人都听见了那个人的话，还有人不住地转过头去看说话的人到底是谁。但是吕端却好像没有听见似的，根本不为所动，也没有回头去查看说话的那个人到底是谁。

　　下朝的时候，吕端就像没有发生过这件事一样，从容地从队列中走过。有几个和他比较要好的同僚就为他打抱不平。他们为没有帮吕端打听出那个嘲讽者的姓名而懊恼，还纷纷赌咒发誓一定要帮吕端查出那个可恶的人到底是谁。

　　可是吕端却淡淡地对他的朋友们说："还是不要打听了吧，我不想知道那个人是谁。如果不知道，我还能保持一颗平常心，如果知道了那个人是谁，我难免会心怀怨恨，这样对我自己不好，不是自己给自己找不开心吗？还不如不知道的好啊，反正我也没有什么损失。"

　　他的朋友听到吕端的这番话以后，都很敬佩他的为人，觉得他真的是"宰相肚里能撑船"，还把这个故事告诉他们认识的其他人。

　　结果，吕端的这番话就在宋朝的官员中传开了。官员们纷纷为这位年轻的副宰相而折服，再也没有人敢因为他年纪轻而小觑他。那位在朝上讽刺他的官员也羞愧得无地自容，以后对吕端都恭恭敬敬的，再也不敢说那些嘲讽他的话了。

　　吕端靠他的宽容和大度折服了所有人。

　　一个人要能宽容别人，要有广阔的胸怀才能成事。古语"将军额头能跑马，宰相肚里能撑船"说的就是这个道理。将军和宰相都有大的度量，而反过来其实也是可以成立的：只有拥有广阔胸怀和大度量的人才能成为将军和宰相。

　　我们应该学习吕端，他并没有小肚鸡肠地去查找那个讽刺他的人，找到了又能怎样呢？骂他，打他，还是用自己的权力去狠狠地整治他？如果吕端这样做，朝廷上还有几个人能信服他，他副宰相的位子还能坐得稳吗？

　　"防民之口，甚于防川。"想要堵住人们的言论，不让他们说话是一件不可能的事。吕端如果那么做了，效果会很不好，不仅不能禁止住人们的言论，反而会激起更大的反弹。

而他这样看开之后，事情就都向好的方向发展了，人们不仅不会轻视他，反而会敬佩他的为人，使他以后在朝堂上更加有威信。

所以，我们要向吕端学习宽容，只有凡事都能看得开，才能得到人们的尊敬。

仁君出直臣

战国初期，魏国的国王魏文侯礼贤下士，言而有信，团结友邻，使魏国迅速强大起来，成为当时很有实力的国家之一。

赵、魏、韩三国是邻国，他们互相之间签订了睦邻友好条约。但是有一次，赵国却因为某些理由想攻打韩国，于是就向魏国借兵。魏文侯拒绝了赵国的要求，对赵国的使者说："我们和韩国是盟国，我不会和你一起出兵攻打韩国的。"赵国的使者被魏文侯拒绝了以后就怒气冲冲地走了，并把这一情况报告给赵王。

过了没几天，韩国也想攻打赵国，想请魏文侯出兵，和他们一起攻打赵国，但是魏文侯也拒绝了他们。魏文侯对韩国的使者说："我们国家和赵国是友好国家，我们之间签订了睦邻友好的条约，我是不会和你一起攻打赵国的。"于是，韩国的使者也怒气冲冲地走了，并把这一情况报告给韩王。

韩王和赵王本来听说魏文侯不想和自己结盟的时候都很生气，但是后来又听说魏文侯拒绝和对方结盟来攻打自己的时候都非常感动，觉得魏文侯不愧是一个诚信的人，于是，都把魏国看做是赵、魏、韩三国之首。

韩、赵两国派使者来，对魏王表示了自己的这个想法。魏文侯很高兴，觉得自己是一个仁君，于是就在宴请赵、韩两国使者的时候问自己的大臣："你们认为我是一个仁君吗？"

大臣们纷纷说："大王当然是仁君了。"

魏文侯听到以后很开心，于是哈哈大笑。

没有想到这个时候任座跳出来说："您怎么会是仁君呢？您刚刚攻打下中山国，不把它封给你的弟弟，而把它封给你的儿子，这算什么仁君呢？"

魏文侯听到以后大怒，不仅生气任座说自己不是仁德的君主，更生气地是他让自己在外国的使臣面前丢了面子。任座看见魏文侯的脸色不好，于是就起步赶快离开。

这个时候翟璜想救任座，而且不想让魏文侯在别国的使臣面前丢了面子，于是就对魏文侯说道："恭喜大王！您是多么仁德的君主啊！我听说只有国君仁德，臣子才敢直言，刚才任座的话是多么的耿直，所以我知道您一定是仁君。"

魏文侯听了以后哈哈大笑，放过了任座，没有追究他的罪过。

使者们为魏文侯的心胸所折服，纷纷夸赞魏文侯是一个仁君，回国以后把自己的见闻告诉了自己国家的君主。赵王和韩王听了这件事以后就更加佩服魏文侯了。

魏国也在魏文侯的带领下日益强大起来。

魏文侯是一个心胸宽广的君主，所以魏国才会在他的带领下成为一个实力强劲的国家。

战国时，国家林立，很多国家都有逐鹿中原的野心。在这种弱肉强食的时代，君主一定要自己不断地奋发才有可能保住自己的国家，不让自己的国家覆灭。

他们都在寻找成功的方法，其中，宽容无疑是一个成功的要素。试想一下，一个君主如果不能宽容他的臣子犯的错误，会怎样呢？

人孰无过？只要是人就会犯错，如果国君不能宽容自己臣子犯的小错，只是因为一点点小事就把自己的栋梁之臣给杀了，那么，他还有几个可用的人？还有什么人愿意投靠他呢？那他的国家也就离灭亡不远了吧。

于是，那个时代的君主们纷纷学习宽容，使自己的国家强大，使自己成为仁君，使自己成功。

我们是否也该向他们学习呢？学会宽容，只有凡事都能看得开，才能到达成功的彼岸。

绝缨会

楚庄王又称荆庄王，熊氏，名旅，又称熊侣。他是春秋时期楚国的一个伟大的君主，带领楚国进入一个繁荣昌盛的时期，使楚国成为春秋时期的强国。他本人也被人们称为"春秋五霸"之一，是一个历史上有记载的雄才大略的君主。

公元前 606 年，楚庄王带领士兵们灭了叛党，回到楚国的都城，楚庄王非常开心，就在晚上开了一个庆功会——"太平宴"。

楚庄王和他的臣子、将军们一起喝得很开心，从白天一直喝到晚上。

这个时候，楚庄王为了犒赏自己的将士，就把自己最宠爱的许姬叫了出来。许姬是一个非常美貌的女子，很得楚庄王宠爱。

许姬给臣子和将士们斟酒的时候，有一个人看见许姬美貌，就忍不住拉住了许姬的手。许姬十分聪明，就顺手把那个人帽子上的缨子给拿了下来。那个人发现许姬拿走了自己的缨子之后非常害怕，就放开了许姬。

许姬跑到楚庄王那里，对楚庄王说："大王，刚刚我给群臣敬酒的时候，有一个人对我不敬，想要骚扰我，我把他的缨子摘下来了，待会儿你让下人们点上灯，就可以知道那个鲁莽的人是谁了。大王，你一定要为我做主，好好地惩罚一下那个无礼的人啊！"

楚庄王听了许姬的话之后，不但没有让下人们点灯，反而对下人们说："先不要点灯。"然后，楚庄王对自己的臣子说："大家今天都很开心，带着帽子喝酒太不舒服了，我们索性都把帽子拿下来吧！"臣子们虽然都很奇怪大王提出这个要求，但是还是把帽子都拿了下来。

然后，楚庄王才吩咐下人们点灯，大家继续喝酒狂欢，一直到了第二天早上。

许姬对大王的做法十分不满，就对楚庄王发脾气。楚庄王对她说："今天是我开心，所以才邀请大家来喝酒，喝多了酒之后出现一些狂态，这也不足为奇，如果我把那个人查了出来，虽然可以显示出你的贞节，但是却会让今天的晚宴不欢而散，别人也会觉得我的度量很小，那样以后还会有谁为我拼死效命呢？这样岂不是得不偿失吗？"

许姬听了之后，为楚庄王所叹服。

大臣们知道这个故事之后，也为楚庄王的大度所叹服，纷纷表示要效忠这位宽容大度的君主，于是，楚国变得越来越强大。

历史上把楚庄王的这一次晚宴称为"绝缨会"。

在专制社会中，君主的权力是至高无上的，一个人胆敢调戏君主的宠姬，这在专制社会里任何一个君主看来都是大不敬的罪，可以达到砍头的程度。然而，楚庄王却以一种出乎我们意料的方式保护了那位臣子，没有惩罚他，他的这种气量在专制社会中是极其罕见的。

正是因为楚庄王异于常人，他才会成为"春秋五霸"之一。

在日常的生活之中，我们也该学习楚庄王这种对别人宽容的心态。一个人只有拥有广阔的胸襟，才有可能取得杰出的成就。如果一个人总是小肚鸡肠，睚眦必报，那么，还会有什么人喜欢他呢？他还能干成什么事业呢？

只有拥有一颗宽容的心，凡事都看得开的人才能活得幸福，活得开心，才能最终得到成功！

让仇人为相

齐桓公是"春秋五霸"之一，他建立了丰功伟业。齐国在他的带领下得到飞速的发展，在诸国争霸中站稳了脚跟。

齐桓公有一个很信任的谋臣叫鲍叔牙。鲍叔牙有一个好朋友叫管仲，管仲和鲍叔牙是非常好的朋友，他们之间感情深厚，后世于是流传下来"管鲍之交"这么一个成语，形容两个朋友之间的感情好。

齐桓公没登基前，被称作公子小白，与他的兄弟公子纠争夺齐国的国君之位。鲍叔牙当时虽然是公孙白的重臣，管仲帮助的却是他的敌对方——公子纠。

有一次，管仲带领人马追杀公子小白，管仲亲自射了一箭，射中公子小白的衣带钩。公子小白将计就计，倒下装死，然后让车载着"倒下"的自己逃跑，让管仲以为已经射中了自己，自己必死无疑，才得以脱困。于是，公子小白对于刺杀自己的管仲恨之入骨。

后来，公子小白在宫廷斗争中胜过了公子纠，当上齐国国君，就是我们所说的齐桓公。这个时候，齐桓公想拜自己的谋臣鲍叔牙为相，却被鲍叔牙婉言谢绝了。鲍叔牙向齐桓公推荐自己的好朋友管仲，并对齐桓公说："如果您要想让齐国强大，就得任用管仲为相。"

齐桓公本来非常恨管仲，恨不得杀了他，但是后来仔细想了想鲍叔牙对自己说的话，觉得很有道理，于是就为了国家的强大而抛弃了自己私人的仇恨，准备请管仲为相，让齐国变得更加富强。

然而这个时候，管仲由于害怕齐桓公报那一箭之仇，就跑到了鲁国，并且被鲁国抓住了。鲍叔牙劝齐桓公向鲁国要人的时候不要说明他想请管仲为相的事，否则鲁国的人就会把管仲杀了。鲍叔牙让齐桓公派人到鲁国去要人，并且以囚犯的规格把管仲押回来，就说齐桓公要亲自报管仲那一箭之仇。

齐桓公按照鲍叔牙的计策派人去鲁国，果然把管仲安全地接回齐国，之后他拜管仲为相。管仲为齐桓公的度量所折服，日后就好好地帮助齐桓公治理国家。其他的人才听说了这个故事之后，也纷纷到齐国为齐桓公效力。

多年以后，管仲终于显示出自己的才能，使齐国变得更加富强。

说起来，管仲与齐桓公的仇是很深的——管仲差一点就杀了齐桓公。

对于这样的仇恨，一般人都难以忍受，更何况是一个拥有生杀大权的君主。要想摒弃前嫌，要想在有那样的仇恨之后还把一个国家无比重要的相位交给管仲，一般的人都不可能有这样的度量，而齐桓公却这么做了，这显示出他是多么的与众不同。

我们在日常生活中也要有能够客人的度量，这样才能得到成功。

在现实生活中，我们所谓的"仇人"往往只是与我们有一些小矛盾而已，只要在生活中能够时刻都记住"宽容"这两个字就足够了。

国君的道歉

西门豹是魏国魏文侯手下一个很干练的官吏。他把自己管辖的邺城治理得井井有条，还把装神弄鬼假说"河伯娶妻"的巫师和里长扔进了漳河，让民众不再受害，使邺城越来越繁华。

但是，西门豹生性耿直，不屑于逢迎上官、溜须拍马，于是，他虽然能干，却并没有得到魏文侯的赏识。

魏文侯亲近的大臣们还因西门豹没有送给他们好处或者是西门豹的治理触及了他们的既得利益而对西门豹怀恨在心，在魏文侯的面前说了他很多坏话，甚至诬陷他、设计陷害他。于是，魏文侯偏听偏信，相信了那些奸臣们的言论，很讨厌西门豹。

于是，魏文侯在接见西门豹的时候，狠狠地责备了西门豹。那些西门豹得罪过的官员们看到西门豹被痛骂都很开心，止不住地嘲笑他。

西门豹非常气愤，看着这些小人幸灾乐祸的嘴脸觉得非常讨厌，听着魏文侯的话又觉得非常伤心，国君怎么能这样对我呢？

但是，西门豹并没有立即和魏文侯翻脸，他准备用自己的实际行动让魏文侯知道这些事情的真相。西门豹请求魏文侯给他一个机会，他明年一定会好好的和上官们"学习"应该如何为官，并且还向魏文侯立下了军令状——如果他再表现不好魏文侯可以砍他的头。

于是，第二年，他在出任新的地方的长官的时候，一改往日的廉洁作风，给百姓以苛捐杂税，不停地贿赂上官，还给魏文侯送了很多礼物。

一年期满以后，魏文侯又召见了西门豹。这一次，因为他给魏文侯的近臣们很多钱财，所以这些奸臣们纷纷在魏文侯的面前说西门豹的好话。魏文侯听了以后对西门豹很满意，在接见西门豹的时候也是笑容满面的。

西门豹看着乐呵呵的魏国君臣们，感到十分气愤，就对魏文侯说："大王，我想向您辞官，请您恩准。"

魏文侯听到了以后很奇怪，就对西门豹说："爱卿为什么要辞官啊？你今年治理得很好啊！我还想给你升官呢。"

西门豹就怒气冲冲地对魏文侯说："大王，西门豹以前忠心耿耿，一心为大王治理邺城，让百姓都安居乐业，结果百姓都交口称赞我是一个好官，但是大王却对我很不满意。今年，我在自己治理的地方收了重税，百姓们民不聊生，纷纷骂我是一个贪官，可是我贿赂了您亲近的大臣，所以他们都交口称赞我是一个好官。但是这一年我过得很不开心，看到百姓这么受苦，我晚上都睡不着觉，这样的官我不愿意再当了，所以请大王能恩准我辞官。"

说完以后，他当场就向魏文侯交了自己的官印。

魏文侯听了西门豹的话以后很震惊，于是急忙拉住西门豹的衣袖，对他说道："爱卿且慢，寡人今天才明白了事情的真相。请你原谅寡人的过失，我保证以后一定会亲贤臣、远小人，不受那些奸臣的左右，一定会任用像爱卿这样贤能的官吏，罢黜那些贪官、蛀虫，希望爱卿可以留下来帮助我。"

西门豹看到国君魏文侯这样向他道歉，气也就消了，就留下来帮助魏文侯治理魏国，让魏国越来越强大。

魏文侯是一个很宽容的君主，他在听到西门豹指出他的错误，并且愤而辞官以后，并没有恼羞成怒，把西门豹杀了，甚至没有因为西门豹驳了他的面子而气恼，治西门豹的罪，反而是马上意识到了自己的错误，并且诚恳地向西门豹道歉，希望西门豹可以继续做官，帮助他治理国家。

古今中外，有多少帝王有魏文侯这样的胸怀呢？

正是因为他有着这样博大的胸怀，有着这么一颗宽容的心，所以，他才可以把魏国变得更加强大，才会成为一个有作为的君主。

我们在生活中也要有魏文侯那样的宽容心态，那样的博大胸怀，这样，我们才能更加接近成功！

与人方便，自己方便

秦穆公是春秋时期秦国的国君，被后世称为"春秋五霸"之一。

同时，秦穆公也是一个宽容的人，他善待自己的臣民，下面的这个故事就是关于秦穆公的。

秦穆公有一匹千里马，是西方的少数民族献给他的。他十分喜欢这匹马，给这匹马配了华丽的马鞍，盖了很好的马厩，还专门找了几个马夫伺候这匹千里马，让这匹马长得膘肥体壮。

有一天，一个马夫忘了关上马厩，这匹千里马就从马厩里面跑了出去，一直跑出皇宫，跑到城外。结果，它被一群饥民给抓住，杀掉吃了。等到秦穆公的人找到这匹马的时候，它只剩下一些骨头和马皮马鞍了。

这些士兵和马夫都很担心，他们想："这可是秦穆公最喜欢的马啊！现在马被杀了，秦穆公会不会杀了我们呢？不如把这些饥民抓回去，希望秦穆公把气都撒在他们头上，不要迁怒于我们。"

于是，他们就把这些杀马的饥民们带到秦穆公面前，对秦穆公说了事情的经过，然后战战兢兢地等候秦穆公的发落。

秦穆公听了以后，很为自己的马伤心，但是却没有为难那些马夫、士兵，甚至是饥民。

他笑着说："干吗把他们都抓来啊？都放了吧！还有，我听说只吃马肉不喝酒是会中毒的，就再赏一些酒给这些饥民吧。"

那些饥民本来以为自己吃了秦穆公最喜欢的马都死定了，没想到秦穆公这么宽宏大量，还赏给他们酒，都感动得痛哭流涕，纷纷给秦穆公磕头。

几年以后，秦国发生饥荒，国内民不聊生，晋国就乘机进攻秦国。秦穆公亲自率领大军进行抵抗，这个时候，有三百名壮士主动要求参战，原来他们就是当年吃掉了千里马的饥民。

结果，秦穆公在一次孤军深入中被晋国的军队团团包围，自己也受了伤。这个时候，那三百勇士就护着秦穆公拼死冲杀，晋军抵挡不住他们，就露开一个缺口，那三百勇士就带着秦穆公逃走了。

然后，秦穆公找到了自己的大部队，又给了晋军致命的一击，最终打败晋军。

秦穆公之后感慨道："当年我的一念之仁，就救了自己一命啊！"

事情往往就是这样的，"与人方便，自己方便"。你宽容地对待别人，别人也就会好好地来回报你。

秦穆公宽容地对待那些吃了他的马的饥民们，而且为了不让他们有心理负担，还赐了一些酒给他们。

结果，秦穆公也得到了回报：他最后被他放过的饥民救了。

我们在生活中也要以一颗宽容的心对待别人，然后，我们也会得到回报，别人不一定会救我们一命，但是，这个世界是公平的——好人就有好报。

扼杀造反的萌芽

刘邦是一个很有智慧的人，他武功没有项羽好，智慧不如萧何、张良，带兵的能力不如韩信，但是因为他善用人才，所以打败了不可一世的西楚霸王项羽，成为西汉的开国皇帝。

刘邦登基之后，作的第一件事就是论功行赏。他先加封了二十几个功劳很大的臣子。从那以后，其他的人就顶着诸侯的位子，希望自己也可以得到一块封地。他们相互攀比自己的功劳，洋洋得意地说自己的功劳比别人的大。

于是，刘邦就很为难，不知道第二批要分封哪些人，想了很久都没有想好，于是第二批的分封名单就迟迟没有出来。

这样过了很久之后，大家的心情就变了。本来大家都觉得自己是有功劳的，但是越想就越觉得自己有一些错误，想到自己以前似乎做过一些得罪刘邦的事，担心刘邦会报仇。于是，大家都串联起来，决定要造反。

结果，这些官员的秘密行为让刘邦看出了一些蛛丝马迹。刘邦很奇怪这些官员聚在一起在密谋什么，于是把自己很信任的谋士张良叫了过来，问他道："你知道这些官员最近都秘密聚集在一起准备干什么呢？"

张良对刘邦说："难道皇上不知道吗？他们准备串联起来造反啊！"

刘邦大吃一惊，于是问张良："真的吗？但是他们为什么要造反啊？"

张良说："他们因为迟迟得不到皇上的封赏，于是就觉得自己是不是什么地方得罪了皇上，害怕皇上给他们降罪，就决定联合起来造反。"

刘邦觉得很麻烦，又很害怕。他怕官员们这样一造反会危及大汉的基业，于是就问张良有什么办法可以解决。

张良就给刘邦出了一个主意，他问刘邦："在这些功臣里面，陛下最恨的是谁呢？"

刘邦想了想之后对张良说："大家都知道我最恨的人是雍齿，他在我危难的时候落井下石，几乎要了我的命。要不是因为他立了大功，我早就把他给杀了！"

张良就对刘邦说："那好，请大王立即给雍齿封赏，大家只要看到大王最讨厌的雍齿都能受到封赏，就不会有造反的心思了。"

刘邦听了张良的计策以后大喜，于是立即举办酒宴，并且亲自给雍齿敬酒，还趁着大家高兴的时候封雍齿为侯。大家看到刘邦封赏了雍齿，立即放下心来，说道："连雍齿这样的人都受赏了，我还有什么可以担心的呢？"

于是，一场预谋的造反就被扼杀在无形中了。

一个君主一定要有宽容的心态，一定要有宽广的胸怀。要像刘邦这样善用人才，有宽广的胸怀，容忍得罪过自己的人，甚至是像雍齿那样在自己危难的时候落井下石的人，所以，他得到了别人的帮助，得了天下。而反观他的敌人项羽呢，因为没有客人之量，所以落得一个自刎乌江的下场。

试问一下，如果刘邦没有封赏自己讨厌甚至是憎恨的人雍齿，没有原谅一些以前得罪过自己的人，而是在自己登基以后有冤报冤、有仇报仇，那么，他还能坐稳皇位吗？恐怕早就引起兵变了吧？

我们在生活中也要学会宽容，要有容人之量，这样，才能够得到成功，才能取得别人的信任。

如果我们不能宽容别人，那么别人也不会对我们有好印象。这样只能慢慢地孤立自己，让自己离别人越来越远，使自己成为一个孤僻、让人讨厌的人。

被老鼠"咬破"的衣服

曹冲是曹操的小儿子,他从小就十分聪明,曹冲称象的故事可谓妇孺皆知,令人叹服。这里还有一个关于曹冲的故事。

曹操治军很严,所以,他部下的士兵都很怕他。

有一次,他的亲卫库吏在查验仓库的时候,发现曹操经常骑的一匹战马的马鞍被老鼠给咬坏了。这位库吏大吃一惊,觉得自己快要大祸临头了,就哭了出来。

这个时候,小曹冲看见了这个哭泣的库吏,于是问他为什么哭。这个库吏于是说道:"小公子,你不知道,我没有保管好主公的马鞍,让马鞍被老鼠咬了几个洞,我的小命就要不保了啊!"

曹冲很奇怪,说:"马鞍被老鼠咬了几个洞不过是一件小事啊,你被责骂一下,最多打几板子不就好了,怎么会连命都没有了呢?"

那个库吏就对曹冲说:"小公子,您有所不知,根据此地的风俗,老鼠咬了谁的衣服谁就会遭到不幸,现在主公的马鞍被老鼠咬了,要是在打仗的时候失利怎么办呢?这不是触主公的霉头吗?主公一定会杀了我的!"说完又开始号啕大哭。

小曹冲听完了以后计上心头,对那个库吏说道:"没有关系,你先不要去报告,我叫你报告的时候你再去,一定不会要了你的命的。"

于是,那个库吏含着泪点了点头。

小曹冲回到自己家里,拿剪子剪破了自己的衣服,让自己的衣服看起来就好像被老鼠咬过一样。

于是,曹冲就装出一副忧心忡忡的样子去见曹操。曹操见到自己爱子这么的郁闷,就问曹冲:"冲儿,你怎么了?为什么这么不开心啊?"

曹冲就对曹操抱怨道:"父亲,我的衣服被老鼠咬了,我听别人说,要是一个人的衣服被老鼠咬了,那么他就会得到不幸,所以我很难过,很郁闷啊。"

曹操听到以后,就安慰自己的儿子道:"傻儿子,这么傻的话你怎么能相信呢?一个人的命运掌握在自己手中,说老鼠咬了自己的衣服就会得到不幸是一种迷信的说法,其实根本就不会有任何的影响,你不要担心。"

小曹冲于是就装作转忧为喜,笑着问曹操道:"父亲,是真的吗?衣服被老鼠咬了以后真的对人一点儿影响也没有吗?"

曹操哈哈大笑,说道:"当然是真的啊!"

小曹冲就兴冲冲地出门去了，然后马上叫那个库吏去禀报曹操马鞍的事。

当库吏把这件事禀报给曹操以后，曹操本来很生气，想要责怪那个库吏，但是又听到房门外有人走动、偷听，联想到自己小儿子曹冲刚刚和自己说的那些话，于是明白了曹冲的意思，便笑着说："没关系的，衣服穿在身上都会被老鼠咬了，更何况是放在府库里面的马鞍呢？你下去吧。"

于是，库吏就兴冲冲地离开了，临走时还特意给曹操多磕了几个头。

小曹冲听到曹操这样处理这件事也很满意，就高兴地离开了。他本来想在父亲责怪这个库吏的时候站出来说话，但是父亲明白了自己的意思，没有惩罚那个库吏，于是自己也就不用出面了。

曹冲真不愧是一个聪明的人，他以自己的机智帮助了那个库吏，使库吏保住了自己的小命。这不仅显示了他的机智，而且显示了他的宽容和爱心。

从故事中，我们可以发现，曹操不是什么时候都睚眦必报，都心眼小，有的时候他也会宽以待人。

作为一个领导，一定要有宽广的胸怀，能够容纳自己部下的缺点，因为世界上没有完美的人。人都会犯错误，如果为了一点小错就惩罚别人，那可用的人就都会离自己而去了。

拥有宽广的胸怀，容忍生活中的那些小事，才能得到大的成就。